GOBOOKS
& SITAK
GROUP©

GOBOOKS
& SITAK
GROUP©

三日月書版

三日月書版

A子不會
預言自己
死亡
Miss A Would N
Foretell
Her Own Death
1
千夜藍
插畫／A_maru
輕世代
FW338
三日月書版

「A子不會預言自己死亡」

Miss A Would Not Foretell Her Own Death

contents

第一章
帶來預言的少女

Miss A Would Not Foretell
Her Own Death

A子不會預言自己死亡

不管如何欺騙自己，謊言也不會因此成真。

我是隨處可見的普通大學生，名字叫做劉松霖。

考不上排名前面的大學，上課能翹就翹能睡就睡、做報告靠別人罩、總是坐在講堂最後面，是你最不想遇上的那種同學——所謂的系上邊緣人。

不過身為邊緣人也有好處，可以一個人擁有最大的自由，租屋時不用煩惱、和系上的八卦永遠絕緣。

一路以來，我都是這樣獨自活著，現在想來真不可思議。

因為某些原因，我現在被姑姑家收留了。他們不願意給我太多生活費，所以有一部分還是要靠自己工作才行。不過他們願意幫助我讀大學，我已經很感謝了。

不被姑姑一家或任何人所期待，如蛆蟲般匍匐著過完這輩子，這是我對自己僅剩的願望。

不過在灰暗的生活中，我還是有為數不多的樂趣。而其中幾個興趣——就來自固定的咖啡店打工。

「劉松霖！幫我把這杯咖啡送過去。」

不客氣呼喊我名字的人，是店裡的招牌大姐姐——徐祐希學姐。

就算穿著制服白襯衫與圍裙，仍然擋不住她的大胸部與好身材，她那稍微燙捲的長髮也有很多變化，今天就讓人很想窺視單馬尾下的雪白頸子。

在偶然的閒聊中知道她跟我就讀同所大學，還比我大一個年級，不過這位學姐對我從來沒什麼好臉色。

雖然語氣很差臉很臭，但總歸是正妹，每天跟她吵架是我少有的樂趣之一。畢竟她跟我不同系，也沒辦法四處傳播我的壞名聲。

「收到，女王。」

「女王個屁啦！再嘴賤就告你性騷擾。」

「我覺得女王是稱讚，表示妳很有氣質。」

「滾。」

我想她真的會告下去，於是摸摸鼻子露出職業笑容，端起放著黑咖啡和黑森林蛋糕的餐盤，趕快遠離學姐。

她所指示的那個窗邊位置，則坐著我的另一個樂趣來源。

「妳點的咖啡和蛋糕。」

將餐盤放好後，客人的視線依舊沒有從立起的磚頭書上移開，也沒有點頭。

與其說沒什麼禮貌，不如說這位常客已經習慣這麼做了。

從異常冷淡但可愛的側臉，看得出來對方年紀不大。女孩穿著附近一所高中的制服，現在是將要放暑假的夏日，她還穿著制服背心搭配百褶短裙。無所事事的美少女，下課後沒有像普通學生那樣跟朋友去玩或者補習，反而都來這邊浪費時間。

她來咖啡店的次數太過頻繁，而且每次都帶一本很厚的書來讀，直接把時間消磨到要關店，不免讓人懷疑她跟我一樣是邊緣人。

真可憐。不過，跟暴躁的祐希學姐不同，搞不好就是她這種愛理不理人的個性，才會導致這種狀況。

不過我跟她從來沒有任何交集，連搭訕都沒做過，只是習慣去觀察這位常客。

長髮少女身邊圍繞著某種氛圍，套某句民謠歌詞說的：你才不是一個沒有故事的女同學。

注視書頁的漆黑雙瞳說不上帶有敵意，就連微微交疊的黑襪雙腿與翻頁的動作都相當優雅，看得出很有家教。

然而，實際上少女卻拒絕融入環境，只是在裝文青，真正的她不屬於這個地方。

至於為什麼我感覺得到——或許因為我們是同類吧。

但這終究只是人渣的妄想罷了，大概是看太多奇怪的A片，對女高中生有太多遐想。

我收起餐盤準備掉頭就走，一如過去一兩個月的慣例。

「……我看到了。」

這是我第一次聽到她的聲音，結果意外的輕盈呢。我左顧右盼，沒看到女高中生在跟誰說話，所以湊了回去。

「看到什麼？希望不是蟑螂。」

別看我們家咖啡店好像布置得很典雅，有食物的地方就會有蟑螂，跟人類一樣清除不完。

但對我那帶著拒絕意味的幹話，她只是面無表情地轉過頭，凝視著我。

照理來說，從眼神與眉毛的變化中，可以讀出一個人的情緒。但在那對毫無起伏的細長眉毛與漆黑的雙瞳裡，我找不到任何想法。

「你身邊那位女同事，下星期會吞大量安眠藥自殺。」

讓人提不起勁的週一夜晚，我與A子的第一次聊天，就從一句死亡預言開始。

我相信每位男性或女性心中，都有無數跟異性搭訕的方法。

但恐怕是第一次也是唯一一次，女高中生找我搭訕的第一句話是拍拍肩膀說：嘿！你同事要自殺了喔！記得去打自殺防治熱線！

「……妳腦子有洞？」

所以原諒我說話如此直白。對於奇怪的小孩不用客氣，哪怕對方是天天來光顧我們咖啡店的重要客人。

我轉頭準備去面對下一位客人，但——

「你不相信？」

背後傳來的語氣十分平淡，我卻莫名地感受到其中的——無辜？

不，是強烈的懷疑，甚至感受到她散發出的壓力。

長髮少女知道我被那句死亡預言吸引了，但是她沒有打到重點，所以我才沒有乖乖咬餌。不過說是這麼說，我還是大發慈悲，給了她一個挽救的機會。

「那就證明給我看吧。」證明妳不是神棍，而是真正的預言家——或者說超能力者。

可惜我回到櫃臺邊時，迎接我的卻是祐希學姐的抱怨。

「如果學弟再晚一秒回來，我就要打電話報警了呀，檢舉誘拐未成年少女。」

「如果說誘拐我的是那位女孩呢？」這是事實。

學姐一手端著餐盤，插腰嘆了口氣。

「哼，誰會相信呀？每天都一個人到這裡打發時間，大概是沒朋友的可憐人吧。」

這就是無聊的刻板印象了。

「看學姐打扮得光鮮亮麗，好想跟妳討教什麼叫做充實的生活呢。」

她笑著說：「至少不要像你這樣到處得罪人囉。」

「彼此彼此，如果我得罪了學姐，我希望學姐是名人，我就能靠妳搏取新聞版面了。」

平常回話很快的學姐，難得沉默了一下。最後還是做出標準反應：瞇起眼睛鄙視我，想光靠眼神殺掉我。或者說，我已經在她心中死數萬次了。

「你這嘴巴呀，真想拿針狠狠縫起來！」

「如果能被學姐縫嘴應該很幸福吧。」

「我把這重責大任交給老闆。」

我瞥了瞥後方，忙著泡咖啡的店長將一切看在眼底，身為型男大叔的他只是輕鬆地碎念一句。

「再偷懶就扣錢啦，你們兩位。」

被老闆笑著威脅了，真糟糕。

「為什麼連我也算進去呀？」

看學姐還能到處嘴人，其實心情應該不錯才對。

很快的，打工時間在忙碌中不知不覺結束了。

雖然也不想一輩子當打工族，不過我是覺得這份工作還不錯，老闆也是少數不會追問我過去的人。

學姐早就閃人了，連招呼都沒打。打烊時我順便踩死了廚房的蟑螂，將屍骸掃進垃圾桶。我就說看起來漂亮的咖啡店還是很骯髒的，畢竟我們也有販售一些熟食。

明天有早八的通識課，雖然會不會去另當別論，我還是迅速在休息室換回平常的衣服，踏出咖啡店準備跨上機車——但視線自然而然地，發現了她的身影。

長髮制服少女就站在對街陰暗的路樹下，本來也算是纖細有料的美少女，結果變得像徘徊不去的怨靈。對方似乎是在快打烊前闔上書離開，然後偷偷躲在那裡等著我。

「難不成妳家沒有門禁？」

「走吧，來證明。」女高中生沒有正面回應，逕自往小巷深處走去。

我當然好奇地跟了上去。

原本以為少女弱不禁風，但那看似優雅漫步的動作，卻快到我要加大步伐才能追上。

「說到證明的方式，果然是預言另一次死亡吧？」

她沒有回應。髒亂的小巷裡除了幾輛違停的機車和垃圾，其實什麼都沒有。

我們就這樣穿出小巷，眼前豁然開朗的景色反而很安詳。這是一條沒什麼人車的馬路，正對我們的一條黑色土狗正趴在路燈下熟睡著。

「等一下，那條流浪犬會死。」

她的死亡預言突然冒出來。

「啥？妳說這……」

我的話都還沒說完，加上這心聲也差不多只有幾秒吧，一輛失控的銀白小轎車就駛上了人行道，輾過流浪犬後撞上路燈，發出強烈的碰撞聲。

湊近一看，在路燈下的動物屍體一片血肉模糊——至少不是人類，不知自己該不該抱持如此慶幸的想法。

雖然小轎車連車頭都嚴重變形，但既然女高中生沒有預告死亡，那裡面酒氣臭到薰天的駕駛應該沒什麼大礙吧。

任由死亡發生的憤怒與預言實現的興奮交雜在一起，最後我只能以複雜的表情詢問：「妳為什麼不救那條狗？」

只瞥了現場慘況一眼，少女便看向我。

我覺得她很想皺眉，但看起來還是同樣的無表情死魚眼，講難聽點，真的會讓人硬不起來耶——我是說拳頭。

感覺很難從她身上得到有意義的回應，所以我進一步要求、或者說威脅：「這樣還不夠。」

「還不夠？」

「酒駕車禍這麼多，妳只是幸運猜到一次罷了。」我點頭，露出所謂的人渣邪笑。「如果妳能預知死亡，那就帶我去看吧——人類真正死亡的瞬間。」

曾經，我離死亡僅有一步之遙，但終究沒能親眼見證。所以我一直渴望著，想理解他離去時的想法。

少女只是閉上眼睛，似乎進行了深遠的思考。

「我明白了。」

她在黑夜中，再次踏出未知的下一步。

跟著來路不明的女高中生，我們看似隨意地在城市的大街小巷中亂晃。

不知道她是不是在尋找證明自己預言能力的倒楣鬼，有時會停在住宅前抬頭凝視，深邃的黑眸好像盯上了某戶人家的不幸。

我倒是覺得一個女高中生現在還在外面亂晃很危險啦，身上還穿著昭示年齡與身分的學校制服。

雖然她散發出一種「馬的這女生有病」的氛圍，感覺也沒有閒雜人等會來招惹。這麼看來，被女高中生耍著玩的我似乎也很有病。

在觀賞過不知道幾棟大樓與公寓、感嘆臺灣人的建築美感實在爛到可笑後……

「也該說了吧？妳要怎麼證明妳的預言能力？難道真的要找出有人掛掉的精采瞬間？」嘆口氣拉住女高中生的書包，我忍不住對她抱怨。

在悶熱夏夜中走久了也是會滿身大汗的，昏暗中固然看不清楚，我卻沒看到她的後頸出幾滴汗水。

「……」少女盯著面前的一棟老舊公寓，沒有任何動靜。

廣告紙與選舉傳單塞到信箱滿出來，生鏽的鐵門在夜風中發出嘎呀聲響，門後則是明滅不停的燈泡與剝落好幾處的水泥階梯。

很有鬼片的氣氛。

「喂?妳到底有沒有在聽啊!」這傢伙果然跟那些預言世界末日的神棍是同種貨色吧。

女高中生只是微微轉頭瞥了我一眼,眼神裡似乎有一點點不滿,難道是在嫌我太吵?

她一轉身,突然朝公寓直直走進去,彷彿踏向地獄的入口——似乎是用行動代替言語的那種個性。

我趕緊跟上去,全身為此顫抖不已,這是要發生「事件」的意思了吧!

少女爬樓梯的速度也很快,跟在後頭的我只能勉強追逐其背影。

我們通過了一樓二樓三樓,剛剛在外頭目測,老公寓大概五層樓左右……讓人意外的是,她沒有闖入任何一戶人家、帶來不幸的預言,反倒推開了並未上鎖的生鏽鐵門,來到頂樓。

有別於狹窄昏暗的樓梯間,外頭的視野瞬間寬廣明亮起來,籠罩在城市的光害之下。

頂樓的強風讓我瞇上眼睛,要稍微習慣一下。但眼前仍有一個顯而易見的事實,在這一片空曠的頂樓——

並沒有任何人,哪怕是那種想尋死的。

這裡只有我們。

少女緩緩走到屋頂邊緣，前方只有一道微微高起的水泥護欄阻擋。從五樓公寓頂樓看出去的夜景相當寒酸，被附近的大樓東擋西擋，卻離她只有一步之遙。

「這裡沒有人。」我沒有發問，只是講出眼前的狀況。

也許只是在玩弄我，但假設她帶我來是想證明自己的預言能力，那就代表死亡會發生在……

果然，少女是用行動取代廢話的類型。

她雙手一撐，輕鬆爬到護欄上面，再轉過身注視著我，一手輕撩耳側的髮絲，彷彿在聽風的聲音。

少女依然面無表情，我自己反而瞪大雙眼。

水泥護欄並不寬，踩在上面需要一點平衡感，代表只要失足就會從數十公尺的高空墜落。

風吹起她的髮絲與制服裙襬，儘管她的身影沒有孤單無助的感覺，卻讓人不禁思考……

跳樓自殺的人？死前究竟想著什麼？

「這樣很危險。」我冷淡地開口勸阻。若說是玩笑，這已經太過火了。

她連眼皮都沒顫抖一下，卻開口了。

「我看得見。」

「看得見死亡嗎？」

少女歪了歪頭。「所以我很清楚。」

她那空虛的雙眼，究竟注視著何方？

「現在的我還不會死。」

妳要怎麼證實——這句廢話根本不用說出口。眼見為憑、用行動去印證就行了，她是用行動取代言語的那種個性。

少女仍然面無表情，身體卻向虛無的後方傾倒。

我全力衝向將要墜落的她，伸出了手。幸好在最後一瞬間，向前撲出的我即時抓到少女纖細的手腕。

懸在高空的女孩重量比想像要輕，難道裡面的成分真的是幽靈不成……

儘管如此，用盡全力將她拉回頂樓的我還是氣喘呼呼，忍不住躺倒在地。汗水浸滿胸口，我仰望著城市的骯髒夜空，很想飆國罵。

「妳有病是不是！蕭查某！要證明預言也不用自己跳樓啊！多的是方法吧！」

現在的我還不會死。

如果預言準確，那麼她的跳樓就不會直接死亡，最多也只是受重傷吧。

就算是這樣，還是很難想像正常人會用這種極端的方式來證明，她的想法確實異於常人。

我的視野被上前關心的少女臉龐占據，雖然面無表情，看起來卻很無辜，好像不認為她這麼做很幼稚。

或許我開始能讀懂她的想法了。

調整好心情爬起來，我拍拍屁股走向頂樓的入口。

「算了，搞半天還是不知道妳的超能力是怎麼回事……」我在下樓的過程中碎碎念。「我還是很懷疑啦！但看妳行動力特別驚人，下次萬一想在咖啡店自殺就頭痛了，我可不想因為女高中生上社會新聞版面。」

跟學姐隨便開的玩笑，竟然會經由這件事成為報應回到我身上。想想真是諷刺，正如我的人生。

她乖乖跟在後頭，一句話都沒說。

一走出公寓，我便轉身面對她，本來想再講些什麼，卻先注意到一個微小的細節。

少女被頂樓強風吹亂的瀏海露出部分的額頭，現在上頭有汗水了。

「我會調查看看，雖然看不出學姐有任何想自殺的徵兆。」就像眼前的她。

女學生眨了眨眼。「嗯。」

那語氣好像覺得理所當然，就知道我一定會上鉤一樣。莫名覺得很不爽。

本來到此就要解散了，不過我還是要求她再跟我走一段路——目的地是附近的一間超商，不是賓館。

我買了一瓶運動飲料塞給她。

「穿著背心不熱？還那麼賣力地在夜裡活動，就請妳喝吧。」

走出超商大門時她仍然沉默不語，但隨後——

「謝謝。」她姑且還是說了一句，抓著瓶裝飲料的雙手微微顫抖著。

我會心一笑，明白了什麼。「妳現在不想死吧。」

少女刻意別開臉喝起瓶裝飲料，那小小的動作反倒證明了我的猜測。

在路口的紅燈前停下腳步，準備回咖啡店騎車的我突然想問一個問題。

一個在心中放了太久的問題。

「既然妳都意圖跳樓了，我很想問啊，妳有沒有揣測過那些人最後的想法？我指的是妳預言過的死亡對象。」

少女沒有回應。先不說她的少話個性，這也是個無聊的問題啦。

我走向斑馬線，但她沒有跟上。

「不會去思考這種問題——**而且我想活下去。**」

「哎？」

但一轉頭，女高中生卻往相反的方向走了。想想我們回家的路應該不同，分道揚鑣很正常。雖然連名字都沒有問到，反正大概明晚打工時又會見到面了。

我擅自將女高中生取了個暱稱：A子。

英文字母的A，象徵著一切改變的開始。

第二章
祐希學姐

Miss A Would Not Foretell
Her Own Death

A子不會預言自己死亡

聖經裡說每個人都身負原罪，傲慢、貪婪、色慾、嫉妒、暴食、憤怒及怠惰……

我不相信這種狗屁道理。說到底那都是後天人性造成的，沒有天生就將那些罪惡深深刻印在靈魂裡這種事。

但若不是上天，而是這個人類社會要給予懲罰的話——

或許我就該承擔這份罪孽吧。

已經數不清多少次，我總是夢到那天的場景。

四面鐵皮牆圍起的房間，從鐵窗欄杆間滲進的橘紅暮光，穿透綠窗簾染紅了空間。

房間裡幾乎無一物，只有一只落在地面的碗，裝著發臭的餿水，拿來餵連豬都不如的他。

被綁架的他。

那位男性就坐在那裡，或者說被迫坐在那裡。四肢被鐵鍊綑綁在椅子上，腫脹的雙眼失去了意志，臉頰布滿紅腫的血塊，嘴角還殘留著血絲。

面貌——這一點都不重要，已經想不起來那時的狼狽與落魄。

囂張的你也有這樣的一天？我置身事外地想著。

而在如此可悲的他面前，突兀地站著一位小男孩。跟好幾天沒洗澡、衣衫發出臭味的男性對比，對方似乎剛剛梳洗過，看起來白淨整齊。

我想——他就是我。他必須是我，所以他成為我。

我對被綁架的男性露出了笑容。是羞辱的笑容、還是喜悅的笑容？

那是何其過分的反應呀，我心想著。

被綁的人瞳孔裡映照的我，到底在想什麼呢？我很想知道，或者說，他才想知道我的想法。

而後，我說了那句話。

「　　　　。」

但我一直記不起來，不是共犯、也不是加害者——更可能是無辜者的我們，永遠不該記起來的那句話。

我只想將這一切封印在記憶裡，永遠永遠——

畢竟我們在各種意義上，全都失敗了。

最後迎來那個誰也沒有被拯救、籠罩在日落中的結局。

夢境總是到此中斷，醒來後天還亮著。

今天是週二了吧，睡到有些迷濛的我思考著。額頭離開曲起的雙臂，揉了揉雙眼再挺腰舒展筋骨，我保持坐姿觀察周遭的變化。

看來課堂總算結束了，跟著記憶中的夢境一起。

臺階教室裡的大學生開始歡笑著三三兩兩散去，也有認真的好學生圍著教授問問題。大黑板寫的一行行看起來是中文和數字，不知為何擠在一起就全部看不懂……不是我太愛翹課什麼都沒學到，而是這堂經濟系的課，本來就不屬於我就讀的系所。

我不是雙主修，也不想成為傑出的大人，那不過是一群披著西裝的畜牲。

我只問過學姐讀什麼系，所以花了一些時間才找到她上課的教室。

要理解學姐為什麼要自殺？想想果然還是得實際跟她相處，從日常生活中挖掘蛛絲馬跡才能知道。於是此刻，我跟坐身旁、一臉氣噗噗的學姐對望著。

跟打工遇到的祐希學姐不同，今天的她穿著灰色的一字領短T，下半身是丹寧材質的熱褲，看起來腿超白、胸部超大。

滑了一整節手遊的她放下手機，以非常不屑的眼神瞪著我，朝著我的手心向上。

「劉松霖，你有沒有幫我抄筆記？」

「看我流下的口水就知道了。」我展示自己稍微練過、有點肌肉的結實雙臂給她看，當然上面沒有口水。

「噁心！連工具人的價值都沒有的話就給我滾蛋啦！」

說話還是這麼不留情面，我到底哪邊惹到她了呢？

大概各方面都是吧。

「你慢慢睡吧，我要去吃午餐了。」祐希學姐拿起側背包準備閃人，只看見拉鏈扣上的黑白骷髏人吊飾跟著擺動。

……總覺得好像在哪看過，這個跟她的打扮風格不相符的骷髏人吊飾。

「請再給小的一次機會，下午我會好好幫妳抄筆記的！」我繼續發揮死纏爛打的精神。

學姐只是插起腰，皺著眉伸手戳我發紅的額頭。

超可愛的。

「你啊，該不會打算纏著我一整天吧？要不是我人很好，早就通知學校處理了！」語氣還帶著莫名的得意。

她確實人還不錯，早上並沒有趕走突然亂入經濟系課程的我。

「請學姐寬宏大量，我還想理解人類經濟的奧妙，像是政治人物洗錢的手段等等，如果可以的話希望學姐指點我迷津！」

「我對商學院一點興趣都沒有，才要你幫我抄筆記呀。」

這樣更好，我故意開心地說：「不錯啊！下午妳來上我們資工系的課吧！

我可以帶妳去充滿男生的教室炫耀耶！」

抖著雙肩的她嘆了口氣，瞇起眼睛用力踢我的小腿。媽的好痛！

「這樣我不就變成你的工具人了！你租我當女友還差不多！」剛剛戳我額頭的手指比了二。「一小時收費兩張小朋友！但各種額外服務還是要多收錢喔！」

我揉著發痛的小腿，無辜地抗議：「精打細算不是很有經濟系學生的風格嗎？守財奴。」

看來我只能空手而歸了——才怪。如果因為沒有線索便放棄，讓正妹就這樣香消玉損的話，我可是會良心不安的！

所以我偷偷跟著她到學生餐廳，到她排隊那間隔壁夾一籃滷味，然後一邊看著NBA的轉播，一邊恰巧地坐到她隔壁。

「你怎麼又跟我同桌了啦！去去去，那邊校狗趴著的地板才適合你。」

「這裡看NBA直播剛剛好啊？不要趕我走啦。」

「屁勒！這裡離螢幕明明超遠的！」

學姐說對了，可惡看不到比分了。

感覺她氣到會把手上的餐盤連著燒肉飯砸到我臉上，不過終究沒有這麼做。祐希學姐的修養果然不錯。

「沒關係啦學姐！一個人上課又一個人吃飯不是很無聊嗎？我們來聊這季哪些球隊會進季後賽嘛。」

「……」學姐只是悶頭吃著自己的飯。

她似乎也跟我一樣，總是獨自一人坐在教室最後面。這當然不是什麼問題，但就算加上中間的休息時間，也沒有同系的學生來跟她聊天。

意外的和我是同類呢。

但僅憑這樣就推斷她是邊緣人，所以有自殺的可能性，這又太過武斷了。不然以我的成長過程，我應該已經先死個一百萬次了。

可惜我跟她本來就不熟，在這之前彼此間也只是打工的學姐與學弟，本來就不會進一步認識，更別說發展成朋友甚至之上的關係。

說實在的，我也沒有這個打算，任何人都不要和我有太多牽扯最好。

但證明學姐會自殺的未來，反而能為我帶來希望。在某種層面上。

想要看到別人不幸的我，果然是人渣吧。

「你今天突然纏著我是要幹嘛？該不會要借錢吧？」

也難怪學姐會莫名奇妙了，不過我看起來像缺錢嗎？雖然好像真的很缺。

「這個嘛，我想追學姐啊！」我微笑著回答，只是一貫不說出真話。「學姐這麼正卻沒有男朋友，我當然就下定決心追求了。就算妳有男朋友我也會拚一波——搞不好妳會想劈腿喔？」

喀噹！

是餐盤舉起、再被用力放下的聲響。周圍的人投來了視線，我則瞇著眼觀察她。學姐只是以異常冰冷的眼神瞪我，感覺真的想要我去當那條趴著的校狗了。

「垃圾。」她端起沒吃完的午餐走人，幸好最終還是沒有把燒肉飯砸到我臉上。

是哪句話惹到她了？不，從一開始學姐就很討厭我吧。

我注視著學姐離去的背影，找到側背包上那個擺動的骷髏人吊飾。

到底是在哪看過呢？那種明明看過卻想不起來的感覺，比起被學姐甩臉更難受。

晚上的咖啡店打工，祐希學姐還是照常出現了。雖然發生了中午的糟糕互動，我們的對話卻如同往常、沒有太大變化。

「我早就知道你很白目了，所以那位難纏的客人交給你應付。」她以眼神示意窗邊的女高中生。

看來學姐嘴上說著A子多可憐，卻很抗拒A子散發出的奇特氛圍。

妳自己的狀況也沒多好喔？我忍住噴笑的衝動，端著拿鐵和甜食來到她的VIP座位。

「A子的拿鐵和烤杏仁餅乾，建議還是要吃點正餐啦。」

「A子？」對於這奇怪的稱呼，A子抬起頭望著我。

「就當我替妳取的暱稱，不用告訴我真實名字了。」

「……」她沒有多做評論，低下頭繼續讀書。

應該是很開心吧？我自動想像著女高中生露出甜美笑容的畫面。

磚頭書看起來跟昨天是同一本，在招呼下一位客人前，書的內容引起我的興趣，或者說我想藉此開啟話題。

「每次都看妳拿著一本書，今天這本書是啥？」

「《綠色奇蹟》，史蒂芬金。」

嗯，沒看過。應該說，我平常本來就沒在讀任何小說。

A子抬起頭，以冷淡的眼神盯著我並解釋。

「主角是一位黑人死刑犯，善良的他擁有不可思議的能力。他幫助很多人，但最終……」

她選擇點到為止，難得我笑不出來。總覺得是在針對我呢。

她不是文靜的女高中生，從昨晚那毫不猶豫就從樓頂跳下去的反人類行為來看，搞不好內在是怪物——我以不正經的態度想道。

壓下加速的心跳，我裝出自然的微笑。

「今天我試著陪那位女同事半天，沒什麼收穫。」只知道學姐的普通打扮有多漂亮，雖然這就很值得了。

「嗯。」她只應了一聲，情報交換完畢。

我得去工作了，不知道A子今天會不會再留到最後？然而等待，並心存希望的結果，就是被希望背叛。

在打烊後整理咖啡店的時間，我大失所望地盯著空虛的窗邊座位。

「她沒留下來呀。」我喃喃自語。

A子這傢伙，走得真乾脆。

如果能推算出A子上門的時間，下次乾脆在她的位置上放個放屁坐墊報復一下。

「一直看著這個位置——你是想把那位高中妹妹喔？」不知為何沒把打掃任務全推給我、拿著抹布的學姐在經過時停下腳步，嗤笑道。

「我對學姐很專情，絕對不會背叛。」

她皺起眉頭，用力擦著桌面。大概是在想像著把我的臉抹平吧。

「看不出來，你是會到處劈腿的爛人。」

「謝謝學姐肯定我的小白臉潛力。」

「嘖，你要這麼理解就算了！」

學姐把A子的 VIP 座位擦乾淨，似乎準備要離開了。

「中午的事情很抱歉。」她突然拋出一句道歉。

……啥？

我瞪大眼睛看向祐希學姐，忍不住喊住她。「等等！妳剛剛是不是跟我道歉了？」

學姐迅速轉過身，表情說著「這有什麼好奇怪的」。

「是沒人跟你道歉過膩？雖然我覺得你這垃圾個性能活到現在也很不簡單。」

「我也覺得。」

我笑著應和，她扁起嘴一臉不爽，不過那看起來不快的情緒漸漸消去，最後轉變成無奈。

「不過，真小人好過偽君子。」她哀傷地微笑，背對我揮揮手走了。「反正下週我要出國散散心，暫時看不到你啦，眼不見為淨。」

如果沒聽過A子的預言，我只會覺得學姐要去當 CCR 了。

倒是沒想到，學姐會在最後露出馬腳。我也轉身背對她，以對方聽不到的音量低喃。

「如果天堂也算國家的話。」

經過三天沒什麼突破的調查後，我原本打算跟蹤學姐放學後的行動，卻被對方抓到爆罵了一頓。

轉眼來到星期五，調查依舊毫無進度，如果時間能像夢境一樣流逝慢一點就好了。

即將進入週休二日的這天早上，我不得不在經濟系的教室裡慎重思考一個問題。

「到底還剩幾天……」我以別人聽不到的音量碎念著。

你身邊那位女同事，下星期會吞大量安眠藥自殺。

記得A子是用這句預言開頭，但訂出的時間點滿模糊的。所謂的下週，可能是指週一、也可能是指週日，中間差了六七天呢。無法知道實際剩下多少時間，這是一個很嚴重的問題。

學姐的自殺不像是臨時起意，她心中應該有定一個期限吧。光是猜測也沒用，本來就無恥的我決定直接問個明白。

「學姐，妳下週要出國的話，我要多負責妳的工作量啊？老闆要給我多一點錢吧。」我坐在她旁邊碎碎唸，為了跟學姐混熟，這幾天我都特地來旁聽經濟系課程。

感覺隨時會怒氣爆發的祐希學姐只是更加握緊原子筆，壓抑著不爽回答我。

「你幹嘛一直問？我不是說了嗎？下星期一開始就跟店長請假了，整週都不會去打工，你自己去跟他爭取啦！」

要勞方自己去跟資方談判，這話好像是某人說過的耶。

不過就是這個答案。下週一開始學姐就要人間蒸發了，搞不好連大學都不會來。

目前不知道她住在哪，到時手機也不會接吧。也代表我會徹底失去跟她連絡的方式，所以最晚必須在週一前有所突破。

時間如此緊迫，我來得及挽回一條性命嗎？

就像拿著沒有刻點數的骰子擲出，連數字都看不到。

——或許該放棄吧。

反正我的目的本就是觀察死亡預言的結果，以確認A子是個預言家而不是神棍。學姐的自殺只是預言能力的證明，她的生死對我來說無關緊要。

我這樣自私地考慮著，打算讓打開的筆記本空白到底。

但上午這堂無聊又一知半解的課程撐過去後，筆記本上卻順利抄滿了學姐需要的內容。我好好替她上了半天課，內心感到相當充實，卻被瞥到筆記的她冷冷瞪著。

「你明明只是來旁聽，還這麼認真抄筆記幹嘛？」

「因為無聊呀。」

大概是工具人有立下汗馬功勞，中午我一樣恰巧地坐到學姐隔壁用餐時，沒有立刻被趕走。

「今天的理由是什麼？現在可沒在轉播NBA。」

對著發出挑釁的祐希學姐，我咧開嘴角笑了。

「今天來看學姐喔。」

「……哼。」

我想偶爾也該丟一下直球，學姐臉紅著別開臉，拿起自助餐餐盤準備落跑。不過學生餐廳中午本來人就不少，只見她在附近繞來繞去，找不到空位坐下來。

過了半刻，她只能悻悻然地坐回原位，跟昨天一樣埋頭吃自己的午餐。

我突然冒出一個點子，如果A子的死亡預言是真的，就能以此套出更多細節。我決定測試看看，於是開口刺激學姐。

「出國回來的話，記得要帶點土產給辛苦工作的我喔。」

本該放下的筷子停在半空數秒，學姐這動作沒有被我看漏。

「誰要買給你，送你那裡的瓶裝雪算了。」

喔？原來天堂會下雪呀？雖說天堂沒有人親自看過，或者說去過的人也不會回來分享。當然，也不排除學姐說的是實話，說不定她是想在國外尋死，所以我依著她的回應繼續說下去。

「夏天會下雪的地方，學姐是到多靠近極圈的地方旅遊啊？」

對於我的步步進逼，學姐的反應卻讓我有些意外。

「那裡終年都下著雪，有漂漂亮亮的房子，居民也都很好……」她捧起雙頰，像是親眼見過那個場所般細細說著。「冬天也許有耶誕市集，還能在空曠的地方看極光，是這鬼島比不上的理想國度。」

我咀嚼今天的午餐，淡然地看著電視。

「聽起來像北歐，那邊雖然社會福利好，但或許是氣候環境的關係，憂鬱症、甚至自殺的比例也居高不下呢，妳喜歡那種地方？」

對於我潑出的冷水，她的雙肩微微抖著。真是坦率到不行呢，藏不太住謊言。

她氣噗噗地喊道：「喜歡呀！但我可沒跟你說我是要去北歐喔？」

「不然是哪裡？」

對於我的反問，學姐語塞了。

「祕密。」她小小聲地嘟囔。

結果她還是龜縮了，果然不敢說出來。不過我也沒戳破她的夢幻泡泡，畢竟對虛構的地點多做討論，實在是一件太愚蠢的事情。

而且這話題也無法幫助我了解真相。我本來就跟任何人都刻意保持距離，交情淡泊如陌生人的學姐根本不可能告訴我太多。

除非，能找到撬開她心扉的某個關鍵。

我注視著學姐側背包上掛的骷髏人，看來這天又得浪費掉了。

不管是不是浪費時間，能黏著學姐還是挺開心的。由於大學的課程不像高中那樣緊密相連，學姐在下午的課開始前有幾節的空檔。所以吃完午餐的學姐沒有回家，反而到了大學的圖書館。

「幹嘛也跟我來？你是蒼蠅嗎？」她只是厭煩地瞪著我這隻蒼蠅，已經連揮手趕人的力氣都沒有了。

「我來借書呀～」

學姐皺著眉，以嘲弄的語氣說道。

「喔？沒想到學弟這麼用功呢，你要借什麼書？」

「當然是漫畫。」

「你的腦袋只能理解圖像了，對長長的文字敘述一點感覺都沒有。」

這不是現代人的通病嗎？我笑得更開心了。

「確實呀，不過我還是看得懂文字啊，例如『我愛妳』之類的。」

學姐的臉微微紅了，不屑地哼道：「還以為你只看得出笨蛋兩個字怎麼寫呢。」

「我知道啊，idiot 和ばが和北七。」

她忍不住扶額。「我懶得跟你說話了……」

我們鬥著嘴穿過了櫃檯區，搭電梯到中文書籍的那一層。不過進入藏書區後，祐希學姐卻沒有靠近任何書架，而是找了一張角落的長木桌，趴在上面瞇起雙眼。

午後彷彿帶著微醺的陽光穿過大片的窗戶，籠罩學姐慵懶的側影。意外的美麗。

「那我要午睡了，下午上課前記得叫我。」

「我能拍一張學姐的睡臉嗎？」

「一張一萬元喔。」

「吃魚喝茶都沒這麼貴吧。」

學姐只是嘴角微微勾起，不管我會怎麼做，反正就趴下來睡了。

真的是毫無防備心，但換個角度想，或許是生無可戀，才會對周遭的事物都漠不關心吧。

我到附近隨便翻了幾本書，回到位置時她已經熟睡了。從微微勾起的嘴角來判斷，看來是一場美夢呢。

「看得我也想睡了。」忍不住打了個哈欠，我坐到學姐旁邊，學她趴在桌上，睡意也跟著席捲而來。在我閉眼前，還偷看了學姐的甜美睡臉，真可愛。

陽光漸漸淡去，意識開始遠離。但不知是不是中午學姐的那段話，這次的夢境並非記憶中熟悉的囚房，而是夢到了——充滿雪的北國。

北國只是直覺聯想到的詞彙，畢竟放眼望去全是一片銀白。

睜開眼時，首先見到的就是飄降的細雪，被路燈打上一圈圈暖光。我忍不住抬頭觀望，四周已經不是開著冷氣還有點悶熱的夏日圖書館。

天空灰濛濛的，一兩片雪花落在鼻頭，我忍不住打顫呼出白氣。

下雪的夜晚，不知為何我正站在一盞路燈下，初步觀察，周邊是遼闊的平原，上頭點綴著路燈，延伸到遠方。盡頭是個很亮的地方，聚集著燈火通明的建築物，看起來似乎是座小鎮。

沿著路燈點亮的雪徑走，很快就會到達那座小鎮了吧。距離沒有很遠，在孤寂的冬夜中充滿著吸引力。

明明現實是夏季的下午呢。

很顯然，這裡不是臺灣，而是一場夢。其實我很訝異自己能徹底意識到這只是夢，而且還能夠控制身體的行動。

我最常夢到的那狹小房間，在那裡我沒有任何控制力，總是被動著重複記憶。

我捏了捏手背，有疼痛的感覺。明明感受到痛覺，夢卻沒有結束。

「這冷到哭爸的天氣是怎樣啊⋯⋯」

在這裡，我甚至連身上的衣服都能清楚辨識，是睡著前穿的短袖襯衫與牛仔褲，當然在這寒冷的冬夜中起不了防寒作用。

難道不是夢嗎？這裡真實到我還以為自己是被人打暈丟上飛機，然後在靠近極圈的某個小鎮被丟包。

在這裡呆站也不是辦法，周遭靜得什麼都聽不見，只剩下自己的牙齒顫抖聲。我決定沿著雪徑往那座充滿光輝的小鎮前進，也許在路上會遇到外出的行人。不過在這種地方會遇到講中文的臺灣人嗎？還真有點懷疑。

A子不會預言自己死亡

那裡終年都下著雪，有漂漂亮亮的房子，居民也都很好……

「多虧了學姐，才會做這種夢吧。」雖然這個夢太過寫實，除了真實感，對我來說最訝異的是——「自由」。

做夢時有時會產生錯覺，以為自己能掌握並創造夢，但夢中的自己實際上是不受控制的，就連五感都抓不著，只能任由潛意識推動。我常做的夢就是那種形式，只能被迫接受那房間中令人作嘔的事物，永無止境。

但我現在能主動辨識冬夜的景色、身體感到特別寒冷、耳邊多少聽到呼呼的風聲、試著伸出舌頭也能嚐到雪片的味道……

甚至說——就算不往城鎮走，我也可以做出往反方向前進的決定，轉頭消失在這片荒涼的大地上。

不過，人總會直覺向著希望前進，就連自認是渣滓的我也不例外。說到底，我還是想活下去。

所以我把頭頂與肩上的雪拍掉，抱著雙臂，藉由抖動身體獲取微薄的熱量。遺憾的是智慧型手機並沒有跟著帶過來，無法確認時間，在黑夜中獨自不知走了多久後，我不得不停下腳步。

不是因為到達城鎮的入口，那太理想了。眼前的存在反倒讓我認知到——這果然是一場夢？

在我面前的路燈下，站著一頭北極熊。

我他媽的絕對沒有認錯，牠全身覆滿雪白的毛皮，用後腳站起來還比我高。

雖然熊確實是能直立的吧？但我搞不懂牠站在這邊的用意，是在等人嗎？該不該揮個手打招呼？

突然出現的凶猛野生動物讓我無法理解，遠遠走過去時，我還一度以為路燈下的牠是一位穿毛衣的大人。

但不管是在夢境還是現實，北極熊都不是什麼和善的動物，這頭龐然大物的目光立刻鎖定了我，我不用想就知道，那絕對是看到獵物的眼神。

姑且還是把北極熊的吼聲當作招呼，結果對方以驚人的速度朝我撲來。

呃，這個時候裝死還有用嗎？那樣的念頭只閃過片刻，視線就被那巨大的身影遮蔽。

北國的雪夢到此結束，結果我慘死於北極熊的熊掌下。

第三章
夢境與怪物

Miss A Would Not Foretell
Her Own Death

太陽西斜。

夢境中的感覺太過真實，身體好像還殘留著熊掌攻擊的觸感，我醒來後有些頭暈。儘管如此，打工還是要進行，畢竟沒有一個請假理由是「我在夢境中受到驚嚇」。

為了賺一點微薄的錢，我幾乎每晚都會來咖啡店打工，而今天學姐就沒有出現。

取而代之的，是那位熟客。

「對於我那位同事的自殺，妳有沒有更多線索？」並非「妳點的咖啡到了」，我直接開門見山地說。

話說回來，A子也幾乎每晚都會造訪，她真的很閒耶。

我將拿鐵與塗滿巧克力醬的烤土司放到A子面前的木桌上，觀察著她的反應。

今天點的是比較能填飽肚子的烤土司啊，有聽進我的話呢，雖然仍然不是正餐。

「……」她只是輕啜咖啡，以悠然的態度看著那本很厚的小說。

「我想不到方法了喔，問不到更深的內容。」

今天我嘗試旁敲側擊，結果學姐始終守口如瓶，不願透露更多的自己。

雖然我也不認為A子比我了解祐希學姐更多，但或許她的超能力有看到什麼，哪怕是微小的細節都很重要。

「當然啦，我還是可以想辦法問到地址，每天衝去她家確認，總能抓到她吞安眠藥的那天。」可這次就算成功阻止了，我想還會有下次或下下次的事件。學姐不會輕易放棄，畢竟光要自殺本身就需要覺悟，或者是被環境逼迫到不得不做出這種選擇。

就算她活下來了，某些關鍵因素沒有改變，最終不過是再度墜入悲劇的循環。

面對依舊不願意透露更多的A子，我只是露出爽朗的笑容。

「妳真的什麼都沒看到嗎？」對於無動於衷的她，我也只能發出幼稚的挑釁。「沒有更多情報了嗎？如果有的話就攤開來講吧，不然妳對我說這麼多幹嘛？」

我吸了一口氣，只能以冰冷的表情面對A子，內心卻是真的大失所望。或者說，是對自己的無力感到無奈。

「算了，也許妳真的只能看見這麼多吧。」

「……」

還是我所知道的那位A子。對於我無聊的嗆聲，她以完美的緘默當作防禦手段。

「店長說你再泡女高中生，他就要扣你錢了，也不排除解雇。」

反倒是別的男工讀生過來搭搭我的肩膀，冷淡地提醒。

「只是跟她閒聊店裡的咖啡啦，對吧？」

結果A子還真的點了點頭，與其說她願意配合我，更像是懶得理我們而隨便應付。

之後，她便繼續低頭看著自己的書，直到打烊前才靜靜離開，連走的時候都像貓一樣悄聲無息。

今夜的工作如常結束，我脫下咖啡店制服收好，走到店外時卻有一個意外的發現。

雖然表現出來的是同樣過於冷淡的態度，對街的路樹邊卻站著那位熟悉的長髮少女，微微瞇眼注視著我。

看來之前我說的話還是有一些正向的結果，我忍不住露出笑容。

「今天特意留下來，就代表妳果然有沒講的部分吧。」

跟她交流數天，感覺這是第一次取得上風，掩飾不住得意的我穿過馬路走到她面前。

少女在女生中稱得上高挑，背後及腰的烏黑秀髮也很有魅力，但還是比我矮了一點。

我低下頭注視她深邃的眼眸，勾起微笑開口。

「這次妳要給我看什麼?像上次那樣跳樓？」

這個畫面在外人眼中，或許就像要找女高中生援交的男子，我還是得慎重一點。不過再怎麼樣，也不會比前天晚上更有衝擊性了吧。

對於我在語句中刻意加重的壓力，A子只是淡然地回望。在長達一分鐘以上的沉默與對視後，她才肯開金口。

「跟你回家。」

……嗯?

這答案，似乎哪邊怪怪的?

我一直想不通，為什麼市區會有開二十四小時的安全帽店呢?

又不是超商，大半夜的是誰會去這種專賣店只為買一頂安全帽啊。

不過今天這種店難得發揮了功用——在我沒有多餘的安全帽，需要買一頂來載女高中生回租屋處時。

回到停車處，A子還站在那裡。代表方才的宣告並不是騙人的，她是認真的。

「我幫妳買了粉紅色全罩式，大小只是估一下，應該沒什麼問題。」

A子接過安全帽，我忍不住皺眉，舉起手阻止她的動作。

「給我等一下，所以妳真的要跟我回家？」

雙手捧著安全帽，A子用看上去無辜的雙眸觀察著我。

「你不是要進一步的情報？」

「這跟妳要來我家過夜有什麼關聯？完全搞不懂。」

A子並沒有多做回應，反而又要戴上安全帽，我伸出手強硬地抓住她的手腕。這傢伙到底聽不聽得懂人話？

「雖然我們認識沒多久，我已經明白妳的個性很有問題了，但妳不怕家人擔心——或者說，妳不保護妳自己？」

突然提出要跟陌生男性獨處一室，我搞不清楚A子的意圖，只覺得對方的膽子非常大，還是該說個性很脫線？

「這有比上次嚴重？」

面對A子無起伏的反問，我說不出話來了。

——媽的我都快忘記，她是會主動跳樓挑戰命運的怪咖。

或許她有這麼做的用意，但還是什麼都不講。我放開了手腕，A子就準備把安全帽戴上。

在遮住臉之前，她輕聲說了一句話：「反正，並沒有人期望我回去。」

「妳……」是指家裡的雙親？

片刻的猶豫造成既定事實，我只能無奈地戴好自己的安全帽、跨上機車。

「算了，上車吧。」

後方並沒有傳來回應，我轉頭一瞥，少女早已坐上機車後座，一手抓住尾翼。

本來想對送上門的小紅帽說幾句嚇嚇她，但那過於冷淡的神情，反而讓人提不起勁。

A子的個性在某方面跟貓實在太像，自己有興趣時才會搭理主人，卻對主人的關懷漠不關心。

與其玩貓不如玩機車，循著熟悉的捷徑穿過大街小巷，大概只要十多分鐘就能回到我的小窩。

我租的小套房不到五坪，坐落在大學附近小巷內的五樓公寓，租金還算低廉。

爬上沒有電梯的公寓、打開房門，我一邊放下自己的東西，一邊推開窗戶讓悶熱的室內空氣流通。

或許得為她而開一晚冷氣了。以自己的狀況自然能省就省，不過在帶著女高中生來家裡住時，還會有個顯著的問題。

我的視線投向角落，揚頭示意。

「如妳所見，我家只有一張單人床，先說清楚，我可不會睡地上。」

我咧嘴笑了，要反悔可還有機會喔？

但將粉紅安全帽交給我的A子只是把書包丟在椅子上，坐到我那張單人床的床緣。

「嗯，這樣剛好。」

竟然連害羞的意思都不表達一下。什麼叫這樣剛好？我的頭越來越痛了。

「意思是我們睡在一起沒問題？我搞不好真的會強姦妳喔？」這是最後通牒了，所以我用了最爛最糟糕的字眼。

但A子凝視著我，表情仍是一貫的冷淡。

「沒問題。」

那雙瞳漆黑深邃，換個角度想卻也是另類的純粹。無法從中看到善惡，也沒有是非對錯。

讓人惱火。

「我還真的是不能理解啊！妳真的像怪物耶，為什麼一點正常人的反應都沒有？」

「怪物」應該是離人類最遠的詞彙了，認識對方這三天以來，我還沒有在她面前脫口過，或許很適合這位帶來死亡預言的冷漠高中少女。

但這兩個字，意外觸動了A子。她垂下頭，凝視雙膝上握緊的拳頭。那是人類的反應，她很不高興、很不高興，儘管表情還是太過異常的冷靜。

「這樣活下去比較輕鬆。」

我有些愣住了。到底是什麼樣的成長背景，會讓她說出這句話？到這一刻，我才感覺到A子跟我是同類人。因為奇特境遇，而無力改變命運的同類人。

A子先前的表現，一直強調「她的死亡預言百分百準確」，而且到目前為止還沒有偏差。既然如此，我根本不可能改變祐希學姐的自殺結局，哪怕避免了吞安眠藥，也會出現其他形式。

能預言死亡的A子，或許人生並不平靜。而她是出於何種理由與我接觸，我目前也還不明白。

這位才認識兩三天的女高中生想從我身上得到什麼？不惜跳樓直面死亡，還要藏住跟陌生男子同房的不安。

我嘆了口氣。「我不知道妳活在什麼樣的世界，但這種活法一點都不輕鬆。」

A子的視線移開了，看向窗外低語：「我知道。」

搔了搔頭掩飾內心的浮躁，我繼續出聲命令。

「算了，妳先去洗澡吧，我來開個冷氣。」

「嗯。」

是我聽錯嗎？總覺得這聲嗯似乎有點開心。

只見A子從書包裡拿出另一個布袋，我猜是要換的衣物吧，看來她早就打算要外宿了。

「需要的話就用我的沐浴乳和洗髮精吧，毛巾呢？」

「我有自備。」

看著那鼓鼓的布袋，我相信她準備充分。

我有預期到那頭烏黑漂亮的長髮要仔細清洗，肯定需要不少時間。不過沒想到她真的洗特別久，久到我都在考慮去關掉外頭電熱水器的電源，以免她再浪費我家的電了。

在我走到熱水器前的瞬間，廁所的門總算開了。

我跟提著布袋的A子碰個正著，她的長髮整理成一團盤在頭頂，不只水嫩的臉頰變得白裡透紅，雙瞳似乎也被水洗淨，變得光亮不少。

她還換下了制服，身上是一整套的小雞圖案睡衣，跟她原本的高冷形象很不搭的可愛。

「噗！妳怎麼穿這種睡衣啊？果然女生還是喜歡可愛的事物嘛。」見到這反差讓我忍不住掩嘴嘲笑起來，A子只是一言不發地坐到書桌邊，解開了頭髮，拿起我幫她插好電的吹風機。

今天太多收穫了，獲勝的我隨便哼起一段旋律，抱著衣物去享受淋浴。然後就樂極生悲了。頭髮剛洗到一半，本來好好的熱水卻突然變成冷水，沖得我立刻清醒。

「……一定是她關的吧。」

說真的，比起怒氣，我更多的還是感受到她做為普通女生那一面的可愛。

我走出浴室時，A子沒有回頭，面對著她帶來的鏡子，若無其事地梳理著長髮。

我把吹風機拿去床邊吹乾頭髮。男女都盥洗後就該來辦正事了——不是色情的那種。

「所以，大費周章來我家過夜的妳，是想透露什麼情報給我嗎？」

她指了指我收在書桌角落、摺疊起來的筆電。「可以開筆電？」

我照著她的意思做了，站在旁邊莫名有點期待。

神祕的A子會不會開啟暗網裡的網站？但出乎意料——她只是打開了YouTube。

「如果妳想看水管影片，用手機開4G不就可以了？」

根本不用大費周章來住我家，莫名其妙。

我認為我的結論合理到不行，不過A子還是不理我，輸入了某個關鍵字，打開某一段影片。

竟然是遊戲影片，跟A子這種奇特女高中生實在很難聯想在一起，看起來是某款簡單的小遊戲。

確切來說，影片不只有遊戲畫面，右下角還多了個視訊視窗。

而視訊視窗中那穿著暴露，毫不猶豫地展現大奶好身材的微捲髮女孩——

嗯，看起來怎有點熟悉？

我非常訝異，同時也明白了，原來那骷髏人吊飾是這麼回事。

我想起自己在哪見過那骷髏人的圖案，也連帶喚醒不快的記憶。

由於過去的事件，我厭惡所有利用群眾創造出的虛假事實。

三人成虎的成語大家都聽過，一人說城裡有老虎是沒有人相信的，但當人數變成三位、甚至是一群時，帶來的效果就完全不同。

但那終究不是事實，城市裡並沒有老虎。那一個被虛構的事實，永遠無法與真相交集，而我曾被虛假的老虎利爪傷過。

雖然這件事對我來說連心裡創傷都提不上，但也讓我對群眾的盲信更加反感，與人群更加疏離。

所以我確實不知道祐希學姐是實況兼水管主，她的網路暱稱就叫做雪夢，有些日本風味的網名。

A子點開的影片，就是雪夢進行遊戲實況的內容。

「今天繼續玩《公主鬥惡魔八》，不過為了提振大家的精神，我決定給你們一點摸乎摸乎喔！」

從來沒看過的，笑得很開心的學姐，聲音還有點嗲嗲的。

雖然我覺得那對著鏡頭的羞赧笑容有點假，更別說那討好觀眾的甜美嗓音了。平常的我好像都只能跟她對嗆啊。

至於她提到的《公主鬥惡魔八》——我沒有玩過任何一代，但確實有聽過這款遊戲。但是摸乎摸乎是啥鬼？完全不懂。

「今天 COS 的是裡面的女角色潔莉卡！這套是舞孃服，是我努力請大姐幫我設計的喔！不知道大家滿不滿意呢？」

我仔細對照遊戲畫面中的二次元女角色，學姐是綁了可愛的雙馬尾，但我覺得臉蛋一點都不像。不過在前凸後翹這點上，學姐的身材絕對非常接近。

學姐穿的也不是螢幕上潔莉卡身上的那套，或許是後面關卡才會取得的套裝吧。

這套舞孃服倒是相當養眼，除了三點用白布遮住，大部分的白皙肌膚上只罩著一層薄紗，纖細的鎖骨和性感的肚臍全都一覽無遺。

聊天室已經洗了一排的「%%%%%%」和「GG in」，是常見的網路用詞。祐希學姐看來也不是很放得開，雖然露出大方的笑容，臉頰還是泛著蘋果紅。

在簡單的聊天後，遊戲開始了。玩著遊戲的學姐看起來很專注，雖然我覺得大家的視線都集中在胸前那兩團上。

我暫停影片，點進她的水管頻道主頁。學姐上傳過的遊戲還不少，還有一些和其他人合作的影片，其實類型比想像的要雜。

不過主力似乎還是放在遊戲實況上，我就隨便點了幾部，看起來各種類型都有，不過有一個共同點——

學姊都穿著性感到爆表的角色扮演服裝，什麼泳裝和女僕裝、兔女郎服都出來了，讓我不禁覺得妳乾脆把視訊視窗放大吧。

搞什麼鬼，是看妳玩遊戲還是要看妳的青春肉體？

不過學姐喜歡扮演角色玩遊戲是她的自由，我對水管影片沒什麼概念，看來也真的有不少人觀看。只是有點意外啊，她私下是這麼——有趣的女孩？

開始感到無聊的我轉頭，看向A子。

「學姐有上傳遊戲實況，而且用賣肉的方式博人氣，這是重要的線索？」

因為只有一張椅子，A子從幫我點開影片後就坐在床緣，看著自己帶來的小說。

一聽到我的詢問，一言不發的她突然靠過來，用比想像中還要強硬的態度奪走我的滑鼠，自顧自又行動起來。

我聳了聳肩，習慣後倒是覺得這點滿可愛的……吧？

A子沒有離開學姐的頻道，似乎想找出某段影片。最終，將那款遊戲實況點了出來。

開始播放的那段影片，反而讓我感到驚訝。

「這是誰啊……」

影片上的女孩只有土土的髮型，厚粗框眼鏡藏在厚厚的瀏海下，連妝都沒有畫的樣子。我差點認不出來，但這位女孩的網名就叫做雪夢。

是不是應該先用手機拍下來，當作素材拿去嘲笑學姐？

以影片日期來看，搞不好是她最初的樣貌。我倒是不知道，原來學姐還有如此純樸的時期。

而過去的學姐，正用專注無比的表情享受著實況主題：一款像素風格的

2D獨立遊戲。

學姐包包上的骷髏人吊飾，就是出自這款《Fairytale》裡面的一位角色。我有玩過這款遊戲，可惜破完一段時間後就淡忘了，難怪記不起來。

我跳著看實況影片——最後看到被遊戲劇情感動、哭得唏哩嘩啦的學姐。

我關掉了影片，靠著椅背閉眼思考。有一個顯而易見的事實，學姐的前後變化也太大了。

看上傳影片的日期，用那很土的樣貌開實況的時間點並沒有很遠，只是一兩年前的事情，應該是升上大學後就開始玩實況了。

不知以前的學姐狀況如何？從早期實況中那帶點怯懦的表現來看，或許跟同儕交流也同樣不會太順利，搞不好還會被欺負。

那能猜到的後續發展只有一條了吧。她是想獲得大家的認同才大幅度改變自己嗎？就實況人氣變化來看，這個舉動非常成功呢。

我想詢問一下A子，但她幫我點開影片後又去看自己的書——啊不對。

她在我床上側躺著睡著了，還好心地讓出大部分的空間給我。

……妳有問過我的意見嗎？

我嘆了口氣，突然意識到要論膽子大小，搞不好A子比學姐大太多了。不過，她提供的這情報或許有其價值。

靈機一動，我將學姐的實況主暱稱打入搜尋引擎。隨後，我望著螢幕上條列的搜尋結果，意外得到了更多有趣的訊息。

將這些部分記起來，並且在心中盤算接下來該採取的行動後，我決定跟著A子一起早睡。

「真的一點都不怕呀……」

關掉房間的燈後，我躺到空出的那半邊床上。如之前所言，我可沒打算將單人床讓出去，如果不小心擦槍走火也是我賺到吧。

側躺的A子背對著我，我盯著她那長長的秀髮輕聲說道。

「單人床果然很擠呀，希望妳睡姿好一點。」

畢竟還是軟綿綿的女孩子，如果真的有什麼肢體接觸的話，我恐怕難以壓住欲望喔？

本來是想這樣用惡劣的態度逼退她，但——

彷彿察覺到我的意圖，A子突然轉過身，睜開眼注視我。昏暗的房間中，明明都看不清彼此，卻近得能聽到她的呼吸聲。

毫無疑問，A子是美少女。

本來以為能抑制住的欲望蠢蠢欲動，促使我伸出手指觸摸她的臉頰。然而，那一瞬間的觸感卻像撫上冰冷的屍體……又像是碰觸到死神的鐮刀邊緣。

實在無法好好形容這種感覺，但我已經收回手，且什麼想法都沒了。

「很冷吧？」

A子反問我，黑暗中的她彷彿淒涼地微笑著。

「你一直在思考吧？他究竟在想什麼？死前的他在想什麼？」

那句話使我睜大了眼睛。

「妳——難道——」

因為是預知死亡的能力，所以妳看過他死前的影像嗎？

但A子只是瞇起眼睛，又翻過身背對我了。

喂！妳快說清楚呀！

本以為冷靜的情緒又激昂起來，我打算再伸手搭住她的肩膀。可昏暗中，只傳來A子淡然的一句話。

「**你們都存在過，那絕對不是幻想。**」

只有這句話，卻是我多年來——最渴望聽到的一句話。彷彿肩上背負的無數罪惡在這一刻卸下，倦怠感迅速襲來。

我放棄再去追問，也轉過身背對A子，準備闔眼。

或許，今晚暫時不會夢到他了吧。

結果，這夜夢中雖然沒有再遇到他，卻見到了「意想不到」的人物。

首先聽到的，是一陣又一陣的規律轟鳴——海浪聲？為什麼有海浪聲？

一回神，我發現自己佇立在一個過於狹小的空間，是比那間囚房更小的房間，也更加昏暗。

此處跟那個地方有著極大差異，白磚堆砌的牆壁並非直角，環顧一圈，房間似乎是完整的圓型。

但牆面卻稱不上平滑，不管是腐朽的木地板還是牆磚裡，密密麻麻的藤蔓鑽破縫隙而出。

因為光線不足，我瞇起雙眼，卻有些懷疑自己看到了什麼。

那些不是植物——竟然是五顏六色的電線！這些部分掉漆的詭異電線彷彿在牆與地板中恣意生長，猶如獲得生命般蠕動著。

我有些反胃，將視線投向唯一對外的那扇鐵窗，想看看窗外透透氣。但柵欄狀的鐵窗只讓人聯想到牢房，而且屋外的狀況也沒有多好。

濃得看不見彼方的濃霧從鐵窗一點點滲入，我就像置身漏水的船艙，隨時要被吞沒。

但不知是否跟窗外不時閃過的刺眼光芒有關，室內的霧氣間歇地被驅散。

一閃一逝的白光似乎遵循著某種規律？當然我沒有興趣、也沒辦法穿過堅硬的鐵窗出去研究，那也不是逃脫的好路線。我的背後就有一道向上的鐵梯，那是僅有的出口。

翻滾的海潮聲仍然在耳邊迴盪，難道這裡靠近海邊？狹小的空間外似乎是無盡的海與霧，讓我感到莫名的渺小無助，更想盡快脫離這詭異的環境。

在我動身前，卻被房間正中央的存在吸引住了，視線再也無法移開。

那是一臺老舊電視，螢幕微微閃爍的光是整個空間的唯一照明。

懷舊的映像管電視早已被時代淘汰，我連邊框上的鐵鏽都看得清楚，窄小的螢幕旁有幾個粗大按鈕可以調整音量和頻道。

電視後方，密密麻麻的電線插進了地板，看來它就是這些詭異線路的源頭。

沙沙沙沙沙……

電視螢幕上其實有畫面，耳邊卻迴盪著沒有收到訊號的雜訊聲，一被耳朵捕捉到，甚至蓋過了外面的海潮聲

但在談到那個畫面前，我必須先描述面前更重要的存在。

A子。

狹小空間內幾乎空無一物，除了映像管電視，只有她的周邊堆疊著幾本厚重的書籍。一瞬間，我還以為這是什麼巨石陣——想想真是微妙卻切實的比喻。

對方身上是慣常的學校制服，背對我抱膝坐在地板上，看不到表情。

黑白畫面的光芒打在她身上，拉出來的背影占據了部分牆面。

少女的長髮明明烏黑亮麗，在夢境中卻彷彿會在下一秒蠕動起來，像是梅杜莎的蛇髮。

平常的她該說神祕嗎？雖然有點壓迫感，但還不至於無法接近，但現在我卻動彈不得，一步都不敢前進。

猶如陷入泥淖，每吸入一口空氣身體就沉重幾分。直覺意識到，如果現在看到她的正面，我會後悔莫及。

時間一分一秒流逝——如果夢境中有所謂的時間概念的話。

A子仍然看著電視，沒有任何動作。

她到底在看什麼呢？如同期待著節目的孩子，聚精會神地凝視著映像管電視……

沙沙沙沙沙……

但現在播放的，並不是可愛的卡通。

電視撥放著無聲的黑白投影片，一格一格切換過無數靜態畫面，A子的身形便籠罩在閃爍的螢幕光芒中。

「A子……？」擠出最後的幾分勇氣，我出聲詢問。

A子沒有回頭。她不願回頭。

是不想面對真相嗎？還是寄望著電視中的「演員們」能重新演出？

然而，我選擇潑她一盆冷水，儘管這只是我目睹幾幕畫面後閃現的想法……

「那臺電視撥放的——是不是妳的死亡？」

電視畫面同時停住了。

定格的螢幕一角看見一撮長髮，以及倒臥在血泊中的女高中生。

臉龐緊貼著地板，就算在黑白畫面中，那雙失去焦距的美麗黑瞳仍舊見不到任何情緒。

電視機前的A子終於有所反應，她緩緩轉頭。

配合她的動作，電視似乎也切換了頻道，轉變成無訊號的雜訊畫面。

我鐵青著臉退後兩步，因為轉過來的A子側臉上，並非原本的美麗五官——而是彷彿將電視畫面映在雙眼中，本來美麗的眼眸此刻也瀰漫著雜訊。

不知道我睡了多久，最終被陽光刺得睜開了雙眼。

咀嚼著詭異的夢境內容，我後知後覺地注意到現實中的A子。

A子的睡相似乎不好，我們除了變成面對面側躺，少女的雙手還伸過來、輕輕勾住我的腰部，不知道該不該算擁抱。

我凝視著近在咫尺的少女，不只那垂下的長長睫毛根根分明，連皮膚上的細碎絨毛都清晰可見。感受到對方起伏的呼氣與吸氣，我的內心由衷感到慶幸。

「還是現實的妳比較好看。」我的嘴角微微勾起。

彷彿聽到我的齷齪心聲，A子突然睜開眼睛。

她的睫毛眨呀眨、又眨呀眨。

我們對視了數秒，一度還以為在玩大眼瞪小眼的遊戲，我決定先開口說聲早安。

「如果能有個早安吻是最好的喔，不過還是先盥洗一下讓口氣更清新吧。」

我開著無聊的玩笑坐起身，A子也同時動作，她還真的默默拿起自備的牙刷組走向浴室。

當然，在我們盥洗後沒有卿卿我我，A子擅自在我的書桌上放置小梳妝鏡，坐在我的椅子上整理起那頭秀髮。

當我盯著她那迷人的背影時，少女突然開口了。

「不只是夢。這就是我的預知。」

所謂的預知夢？

A子果然有射後不理的習慣啊，在挑起我的好奇後，還是當作沒事般繼續梳著自己的頭髮，但動作似乎稍微放慢了。

「……不知來自何方，我們都是宿主。」

鏡子中的A子依然面無表情，彷彿在訴說著跟自己無關的事情。

「等等，妳剛剛說『我們都是宿主』？」

她淡淡瞥了我一眼，好像在告誡我別打斷她說話。我只好乖乖閉嘴，打開床邊的魷魚絲，吃了幾條充飢。

「夢，本來就是靈魂的居所、潛意識的展現。」

靈魂的居所我是第一次聽到，但心理學確實很早就有一些研究，認為夢中意象會反應潛意識，並連結清醒時的現實想法。

「當孕育到一種程度，在夢中破殼的『怪物』便開始影響真實世界，各種形式都有。」

似乎是為了解釋我所不知道的世界真相，今早的A子說話用字稍微多了一點，我也忍不住開玩笑。

「其實妳還滿多話嘛！哈哈！」

結果A子沉默了，雖然還是在梳頭髮，但感覺很生氣。糟糕，難道戳破事實對她來說太超過了？

在我考慮要不要嘻皮笑臉道歉時，她再次開口了。

「那臺電視，是怪物的一部分。」

聽到這裡，我好像稍微明白了。A子的異能——來自她所稱的，不知名的夢境怪物。

是命中注定還是被怪物影響？只要A子看見死亡影像，現實中就有人照著那畫面死去。

大概就是這麼回事吧。不過先不管A子說的是不是真話，我倒是覺得她故意表達得很模糊。

雖然模糊，卻似乎有一定可信度。足以扭曲命運的怪物——毫無疑問，我的命運是被扭曲的。

不過，A子這些解釋，卻沒辦法彌平在我心中盤旋太久的某個疑問。

「照妳的意思，現實中就會有一堆這種愛做白日夢的異能者作亂了吧？但這個世界卻沒有出現超人？」

我以為這個問題A子會懶得回答，結果並沒有。她放下梳子，轉身面對我。

「絕大多數人類的夢裡並不寄宿怪物——僅僅是『作夢』。」

就是單純的夢啊，真令人羨慕。

「而且就算怪物破殼，也不會出現什麼超能力。怪物只是反映人類意識深層的黑暗，它們無法真正到達地表。」

它們無法真正到達地表，這句話讓我若有所思。A子說得太過抽象，難道她的死亡預言，不能說是超能力的一種嗎？

但我隨即意識到——如果我們確實被怪物寄宿著，即便有一些不尋常的特點，又該如何讓大眾相信？

能夠精準預言死亡，應該能說服任何人這是「超能力」吧？

但反過來看，就算在這個當下，連我都還在懷疑A子了。又不能保證每次預言都會發生，只要失敗一次就沒人相信了，人類就是這樣的生物。

既然怪物無法到達地表，又能以不為人知的方式去悄然影響世界。那麼A子是想對抗體內的怪物——亦或是命運本身呢？

我注視著空空的包裝袋，肚子還在餓啊。

「正經事也講完了，我們去吃早餐吧。」我說完才意識到，還有一個問題。

「我似乎有進入妳的夢，這不是我自己的幻想吧？」

她突然又轉過身，應該是在收鏡子吧。

「所以我才跟你睡在一起。」

果然沒有這麼好康的事情。A子自薦枕席，只是要讓我親自體驗一次預言夢。

不過我覺得她故意背對我，肯定是要掩飾自己的害羞。

「為什麼能進入別人的夢啊？這跟『怪物』的影響有關嗎？」

她默默注視我，故意不回答。

我好像越來越理解Ａ子了，有時不回答就是一種默認，看來我的猜測是正確的。

這不就代表——我也在昨天下午進入了學姐的夢境？那飄著雪的北國。

Ａ子或許有猜到我這問題的原意，她拿起書包，似乎是想走了。

我幫她推開門，Ａ子走到門外卻沒有離開。她趴在護欄邊，抬頭凝視遠方的藍天。

我的夢和她的夢都一樣，不存在如此寬廣漂亮的天空。

「我當時說了，你的同事一週後會自殺。」她輕聲開口。「但『真相』我有所隱瞞。」

第二句話的語氣特別冷淡，看來我們還不是能互相信任的朋友關係啊。

大概是吃魷魚絲而口乾舌燥吧，我吞了口口水。

抓著書包的Ａ子，轉過身注視我。這讓我想起我們第一次「浪漫邂逅」時，她若無其事說出死亡預言的姿態。

「吞安眠藥只是手段。」少女靜靜宣告了更加悲哀的死法。「她——想永遠住在自己的夢中，被孕育出的怪物吞噬。」

隨即，A子的語氣微微下沉。「但。」

「但？」

她略為停頓，吊起我的胃口才揭露答案。「如果在夢中說服徐祐希，對於意識的影響會更強烈。」

很簡要的說明，我卻難得聽出她想表達的意思。

「原來如此，如果能再進入雪國面對學姐一次……」

現實的交流已不足，我必須進入更深層的夢境中，見到最真實的學姐並說服她放棄尋死。

總之，是有一些方向了吧？對此興奮不已的我，卻迎來少女空虛的雙眼——不對，何止是空虛？

那雙眼此刻有如老舊電視機的雜訊畫面，可在眨眼的瞬間就恢復如常。是我看錯了？

「這種正面改變，我並未嘗試過。」

A子低語著，這一週來一直以冷漠態度面對我的她，此時此刻，語氣卻顯得低迷。

第四章
樂園的門票

Miss A Would Not Foretell
Her Own Death

在那之後直到我們分開為止，彼此的互動倒是平淡而普通，好像還是無法提升A子對我的好感。

從昨晚到今天早上，我確實見到了比較多話的A子，但這無損圍繞著少女的神祕氛圍，反而帶來更多的疑問。

先把無解的問題拋開，我依照自己安排的計畫，週六早上立刻撥出一通電話。並不期待我提出的邀約一定能起作用，沒想到對方卻輕易答應了。

中午前我們就在車站集合，本來以為自己準時到達，學姐卻已經在車站門口等候了。

不果我可沒有什麼因遲到而愧疚的心情，而且一見到她的打扮，我便忍不住露出燦笑。

學姐任由那頭微捲的長髮散開，在頭上戴了頂小巧可愛的遮陽帽。她穿著普通的粉色短T，反而襯托出豐滿的胸部曲線，百褶白短裙下是一雙修長的美腿及蝴蝶結娃娃鞋。

人正怎麼打扮都適合，簡單畫個淡妝也艷光四射。其實我覺得祐希學姐已經滿用心打扮了，不過我當然更想看她的角色扮演就是了。

「沒想到學姐會答應我的約會邀請，看來工具人還是當得很值得嘛。」

「哼，有免費的車票幹嘛不玩？而且你竟然敢翹掉老闆的排班呢。」

她的態度如此不佳，表情卻很開心，大概是提到的這兩個原因吧。今天下午我其實有班卻臨時跟老闆請假，現在老闆一定很想捏爆我的頭。

「在跟妳會合前，我有打電話給老闆賠罪了啦！還好我說我想趁今天跟祐希學姐告白，老闆就轉而全力支持我了呢。」

「你、你真的這樣說？」

「誰知呢？」

我無視慌亂的學姐，吹著口哨往前走。

原本如果學姐不答應陪我出門，我還打算在電話中就攤牌說出她的過去，並以此要脅對方。

雖然那都是網路上就能查到的事情，似乎沒什麼價值，可我相信現在的學姐肯定很在意。

我們穿過票口來到下層的月臺，為了打發無聊的時間，我故意將週五的夢告訴她。

「哈哈哈哈！怎麼會被北極熊拍死啦！太好笑了吧！」結果她捧腹笑到快岔氣，毫不客氣地嘲笑我。

「那北極熊站得這麼直，感覺還會跳起來接飛盤哩，該不會是某人的寵物吧？」

「誰會教北極熊這種事情呀？」

被我逗得更開心的學姐笑著問我，我也只是笑著回答。

「或許是學姐啊？」

「是我的話寧願養哈士奇，幹嘛養北極熊？」她從臉色到動作都沒什麼特別的變化。

是預計到我會詢問嗎？還是那場夢真的不是學姐創造的？腦袋轉動著，我繼續聊了下去。

「還以為是跟學姐聊太多下週的出國旅行，不小心就夢到了，不知道在夢裡會不會見到學姐？」

月臺邊的祐希學姐皺眉，用看神經病的表情瞪著我。

「怎麼可能？就算我也做夢了，我們的夢又不可能連在一起。」

「也是啊。」我笑著說道。「那場奇怪的北國夢還有一點後續就是了，其實被熊攻擊後，我沒有馬上失去意識。」

「光想就很痛。」學姐以憐憫的表情說道。

「超級痛，還以為自己真的要死了。」

就是那麼真實的夢，現在想想都會冒出冷汗。

「總之，我還拚死爬了一段距離，在失去意識前其實有看到一道人影，貌似發現瀕死的我靠了過來。」

「一個人？」

對於學姐疑惑的表情，我點點頭開心笑了。

「要不要猜猜看是誰？」

「我怎麼知道呀，那是你的夢呀。」

學姐只是用力吐槽回去，我卻搖搖手指。

「但靠過來的她好像說了一句話，我雖然快掛了可是聽得很清楚喔。」

她聽到這邊果然一愣，然後怯懦懦地開口。

「……對不起？」

我開心地笑了。

「才不是，她說死了活該。」

「我才不會說這種話啦！」

直率的學姐提高音量回應，但話一出口就摀住嘴，用不敢置信的表情盯著我。

「學弟，所以我們——」

我們在同一個夢中？只差一點她就要問出這句話了吧。

但對於學姐語氣中莫名的期盼，我只是微笑回應：「我好像還沒說完吧，再來我取下背後的獵槍，把靠近的殭屍都爆頭了，而且北極熊裡面還竄出一隻異形，我只好拿出預藏的火箭筒——整個是超級精采的夢！」

「完全搞不懂你在說啥呀……」學姊無奈地嘆口氣。

自強號剛好來了，我故意在這時岔開話題。

「週六準備南下跟學姐親密約會一整天！所謂南國夏日行！離開北部就是別的國家了！沒想到妳會答應我，我好感動。」

我的身體顫抖不已，是男人就要為學姐的那對胸部感動。

「是要強調幾次，你免費請車票錢，我傻了才不來。」

「還以為是因為我知道《Fairytale》，好像跟妳拉近一點距離了。」

她別開了頭，故意不看我。「也許算個原因吧。」

我跟學姐在電話中刻意聊到了那款遊戲，隻字不提關於實況和水管主的事情，結果她很開心地跟我聊了起來，果然是遊戲宅呀。

請學姐先上列車後，我偷偷注視著她的背影。

「來看我的就是妳啊，還說啥對不起？傻瓜。」

在窗邊座位坐下的她，正橫著手機戴上耳機，不知在幹嘛。

從北到南少說也要二個小時以上的時間，看來學姐是打定主意不睡了，我忍不住湊過去發問。

「學姐妳不睡覺嗎？我想拍一張妳睡著的照片耶。」

「就是知道你在打什麼算盤才不想睡呀，最近還有活動要打一打……」

本來還以為她是對我有所防備，所以故意不睡覺，不過瞄到她的手機畫面後，好像又能明白她不想補眠的原因了。

「……原來是在玩遊戲呀。」

還以為她在看影片，沒想到是一款手機遊戲。

我沒有玩手遊的習慣，不過看畫風應該是日韓風格的那種可愛人物，之前在課堂上也看過她拿出來玩。

我略帶鄙視地瞇起眼睛，這讓學姐的神色變得有點慌張。

「幹、幹嘛？無聊時玩手遊有什麼問題？」

「宅。」

「哪裡宅了！我一點都不宅呀！而且你自己不是也在玩遊戲？」

我想起打扮成公主鬥惡龍角色的學姐，還有今早暢談《**Fairytale**》的她。

沒想到隨口的話會引起學姐這麼大的反應，看來她很介意這種說法。

「我是會玩很多電腦遊戲呀，但手遊一款都沒玩過。之前好像看到新聞吧，某款韓國手遊讓人花幾萬以上課金，完全不能理解。」

我以輕浮的口氣說道，惹得學姐不屑地哼了一聲。

「哼，我玩的才不是那款，課幾千元就夠玩了。而且自己努力賺的錢，花一部分去玩遊戲又沒有問題。」

「我都抓盜版的。」

「就是有你這種人遊戲才難做嘛！你該不會連《Fairytale》也是玩盜版吧？」

「不，這款我有親自買喔，畢竟是很棒的獨立遊戲啊。」

這是實話。

大概是想不到我會是這種回應，語塞的學姐臉紅著別開頭，超可愛。

「反正，那些賺來的錢留著也沒有用，看了也厭煩……」

學姐喃喃自語，或許是指她靠著實況影片賺到的錢吧，我露出笑容肯定了她的想法。

「當然啊，錢賺來就是要花掉。反正人生就這麼一次，說不準哪天就因為莫名其妙的理由掛掉，根本花不到囉。」

瞇起眼睛，我注視著窗外流動的田園景色。

「不過，妳出國的話就不能好好玩手遊了吧？看起來妳很喜歡玩各種遊戲呀，不怕這段期間剛好有遊戲要玩嗎？」

「……我又不是不回來。」

學姐的回應異常小聲，甚至帶著心虛。是沒預料到我會這麼問吧，果然學姐並不擅長說謊呢。

「不過難得到國外，我想乾脆跟遊戲絕緣更好吧。畢竟國外的風景難得一見，我也想去看雪和極光什麼的啊——」

不理我的滔滔不絕，學姐將視線拉回手機螢幕上。

「嗯——你還要煩我嗎？再吵我就要你出錢給我抽遊戲角色。」

對於學姐的威脅，我只是失笑。

「如果學姐是我女朋友，當然沒問題！」

「那先交出五單的錢吧，對了單你可能聽不懂？」她彎曲手指做出計算的動作，露出奸商的笑容。「反正換算一下大概是一萬多元，你打工也存了不少錢吧？」

我嚴肅地扳起臉孔。「學姐，我們分手吧。」

學姐看似開心地笑了，但口吻卻非常狠毒。

「不想付就閉嘴，我還要跟你玩一整個下午耶，讓我現在清閒一下吧。」

「是！不叨擾妳了！」

所以感到無聊的我只能瞇起眼睛，嘗試睡覺。

十分鐘後我再度睜眼，只見身旁的學姐還是戴著耳機、全神投入玩她的手遊。看樣子她是要玩到下車了，連行動電源都預先放在雪白的大腿上。

「目前沒有破綻呀……」

我嘆了口氣，拿起自己的手機無聊地滑了滑。

調整角度，我以不讓祐希學姐看見的前提下點開她的遊戲實況影片。

但這次目的不是欣賞因角色扮演而曝露好身材的學姐，反而是看看下面的評論。

不是什麼正常的回覆，反而——

「婊子、公車、淫亂母豬，真是什麼難聽的留言都打出來了，妳是懶得刪嗎？」

留言區全都被惡意批評的言論占據，事實上越靠近今年的影片，按下討厭的人數比例更是直線上升。

作為一個需要博取觀眾好感的新形態工作，本人會能接受大量負面訊息嗎？

或者是賣奶型實況主的必然代價？當然不是。

這只是在學姊尋死原因全貌中的一小塊碎片。

事實上，學姐在好幾個月前就中斷更新了，之後並沒有任何新的水管影片。

我重新觀察面前專注在遊戲中的學姐，大概是沒注意到我偷偷醒來了，玩著手遊的她看起來很開心，純粹地享受著這個樂趣。

「隨便就想掛掉的話，就不能玩新遊戲了呀。」

我低語著。

由於出發的時間不算太早，我們到達高雄時已經是下午了。

挑選港都並非興趣使然，對我來說還有一些必要的考量，不過目前還不需要透露。

因為肚子餓了，我們乾脆在左營站附近的百貨公司吃一吃——雖然是我出錢，還是去吃了幾百塊。

飽餐一頓後，我們便就近搭捷運去附近的景點玩，看起來很隨興。

站在高雄的捷運與輕軌路線圖前，微微彎身的學姐若有所思。

「說到高雄，果然還是搭渡輪去旗津逛逛吧。」

沒告知學姐的是，我早就有自己的計畫，為此我必須改變她的想法。

「比起這個，我想一個下午的時間，搭捷運轉輕軌去駁二特區那邊走走，時間應該差不多夠喔？」

「駁二嗎？我還沒去過呢，好像滿有趣的，聽說有很多店能逛逛。」

她聽來也不反對，臉上充滿著期待。

在那天之後，學姐果然沒有再關注自己周遭的變化了，特別是網路上的新動態。

妳跟我在這方面真是太像了啊，但是逃避一點用也沒有。一想到此，我繼續裝出笑容。

「而且那邊還可以讓學姐打卡，能拍很多照片。」我握拳往空中一揮，表現出「一起拍照片！跟大胸正妹學姐一起合照！」的激動神態。

學姐癟起嘴，對我露出不滿的表情。

「我才沒有打卡拍照的習慣、也懶得拍照，而且你是想把我標註上去，告訴大家我們在約會吧。」

「正解。」

面對我毫不掩飾露出的大大的笑容，學姐無奈笑著的同時卻伸出了手。

我大吃一驚，感動莫名。「沒想到要握手了，我們的約會進展真神速。」

「才不是！只是想請你幫我拿手搖杯。」

「……啊。」

學姐俏皮一笑，掛著環保提袋的手還是縮回去了，沒有幫我當作工具人使用。

因為捷運恰巧來了，她混入人群中，背對著朝我揮揮手。

「這種事情，還是去找你真正的女朋友吧，前提是你有的話。」

不知為何，我想起一起睡過卻沒有發生任何事情的A子。

我來幫妳拿東西吧。如果將這想法表達給A子，我會收到什麼回應呢？

她大概什麼回應都不會有吧，而且會帶著非常冰冷的、始終有段距離的表情。

跟A子比起來，學姐的臉部表情豐富太多了。那個高中少女是經過什麼樣的訓練，才不會將表情顯露在外呢？

我們搭到西子灣站轉搭乘輕軌，假日的輕軌車廂內擠滿了人，我與學姐站得更近，也有更多機會好好觀察她的豐富表情。

「幹嘛一直盯著我？」她皺著眉問道。

「看學姐可愛的臉蛋，看不膩呀。」

對於我一貫的回答，學姐只是嘆了口氣。

「你說過的話都能蒐集起來開告呢。學弟用這些輕浮的話，究竟是在掩飾什麼呢？」

我眨了眨眼，面不改色地回應：「誰知道呢。」

這次，學姐不再跟我鬥嘴。而我也沒辦法繼續追問下去，因為她的臉色越來越難受。

她從進入捷運後就一直有這種狀況，雖然我也想過大概是熱暈頭了，今天外頭的夏日陽光相當毒辣，輕軌內的冷氣也沒有想像涼，但還是湊到她耳邊，輕聲低語。

「學姐啊，妳討厭人群嗎？」

學姐別開臉，低聲嘟囔：「我……」

記得她在搭火車時身體並沒有異狀，我一度以為學姐確實是身體不舒服，不免考慮等等的計畫是否要取消。

雖然之前觀察的學姐大致就是如此，總是一個人坐在講堂角落，一個人吃午餐，一個人活動……跟那光鮮亮麗的外表不同，學姐刻意將自己隔離在外。

學姐只是垂下眼角，繼續低語。

「我討厭人多的地方，又擠又煩又聒噪，而且——」

學姐的身子原本微微顫抖著，隨後她卻拿出手機，又打開了遊戲。

我笑著問：「學姐也太愛玩手游了吧？」

「委託跑完開一下。」

或許是遊戲分散了學姐的注意力，在這之後她的臉色漸漸回復，學姐最終聳了聳肩，嘴角微微勾起。

「我們先到駁二大義站下車吧，從那邊逛回來。」還能提出自己的想法了。

「收到。」我觀察著恢復精神的祐希學姐，還有被她抓在手裡的手機。

妳跟我一樣，還是想逃避人群嗎？

我對著虛空自問，自然得不到解答。

幸好如同我的預期，祐希學姐挺喜歡這個地方的。

下捷運後她的狀況馬上好轉很多，或許是被駁二特區的氛圍吸引住了吧。

整體來說，這裡是將原本的舊倉庫群改建，開放商家進駐，成為一個充滿文青藝術氣息，有很多小物商店和各種裝置藝術的區域——然後有些東西偏貴，完全不在我這窮鬼的考量範圍內。

憤世嫉俗的我很想打上一句「我進入不了這種假掰氛圍」的評價。那群人到底聚集在這裡幹什麼？那些設計真有這種價值？

只剩下這條生命的我，只能在殘留的人生中悔恨，討厭一切活人創造出的事物。

不過，看著面前的諸多藝術創作，確實讓我想起過去遺忘掉的什麼。以前的我也做著那樣這樣的事情啊，過著自由揮灑自己才能的日子。

曾經的我並不想在乎其他無所謂的事物，讓自己沉浸在鋼琴的樂音中。但

A子不會預言自己死亡

不只我沒做到，我最重視的家人也沒有。

雖然痛苦，但我也只能這樣回想過去，才有辦法短暫從桎梏中解放，融入眼前享受著遊玩樂趣的人群。

一回神，我注視著身旁露出笑容、看起來很開心的學姐。

「果然不可能……」我終究只是對自己說謊罷了，妳也是吧。

我們從離捷運站最近的倉庫群開始慢慢逛起，由於此處的進駐商店與展演風格各有差異，實在很難細細描述我們整體看到了多少事物。

不過每看到一個新鮮景點，大致會循環著以下風格的對話：

「學弟，我想去排那個鞦韆，你幫我拿包包。」

她指著鋼體貨櫃橋下連接的鞦韆，一位年輕媽媽正守望著開心盪鞦韆的小孩。

我皺起眉頭接過，理性地回應一句：「不好吧，妳太大隻會坐斷鞦韆。」

「……靠北喔。」

這是我第一次聽到她罵髒話。

或者是走進一間大商店，一進去會注意到上方有幾顆球沿著軌道無限迴圈，店面還擺著音樂盒和木製小物，挺有趣的。

不知道這幾間商店賣的這些小物，到底是砍了多少樹木才累積起來的……我思考著相當煞風景的問題。

「買幾個木頭零件來做個筆座吧。」

學姐在DIY區挑選中，躍躍欲試，我拿起其中一個木頭模型觀察。

「買這個比花錢玩手機遊戲更沒價值，妳抽到角色還會有動圖和聲音吧？這些木頭可不會說話喔。」

「……哼。」學姐默默放了回去，惡狠狠地瞪著我。

再來是逛到一間很特別的書店，裡面一片黑暗，要靠打亮的燈去辨識書本封面，有種意外神祕的氛圍。

試著拿了幾本翻開都看不太到字，反正我也沒有閱讀的習慣，A子或許會喜歡這種店吧。

似乎真的擔心會跌倒，學姐抓住了我的手臂。

「你好好走啊，不要絆倒了。」

「感覺偷偷在角落幹砲也不會被發現呀。」我笑著輕聲說道，接著鞋子就被用力踩了，超痛。

光是這樣大概逛一遍，也消耗了一些時間。

從付費的展覽走出來後，我們在附近的倉庫商店稍作休息，坐在外面的木桌椅，點了清涼的霜淇淋消暑。

我往前方看去，隔著輕軌的軌道後還有幾個倉庫，然後就是一整面的海。

這一塊倉庫群最初就是沿著海邊建造，用來儲存貨物的吧？張開嘴似乎就能嘗到海風的鹹味。

「到底有誰會想跟你約會呀！」

不同於難得感性的我，舔著冰淇淋的學姐氣噗噗地指著我，超級不爽地喊道。

聳了聳肩，我無奈回應。「我以為我的建議很實際呀，哪裡出問題了？」

「這就是問題啦，不能破壞約會的興致啦。」

煩惱的我壓了壓眉間，索性將額頭垂到桌上。

「對不起！請讓我額頭貼著桌面道歉……不過就算是木桌，曝曬在陽光下還是很燙，臉好像要烤焦了。等等還是買個算盤跪吧，畢竟男人一跪千金嘛。」

「吼，你給我誠心一點！」學姐顯得又氣又好笑，最後只能轉變成無奈。

「你明明長得還不錯呀，怎麼嘴巴這麼賤……」

我歪了歪頭。

「長得還不錯啊——我倒是很好奇，在學姐眼中我長的是什麼德行？」對於這個話題，我忍不住瞇起眼睛詢問。

學姐若有所思，微紅的臉頰不知是害羞還是天氣熱。

「就，白淨白淨的，臉也滿斯文纖細的，本來在咖啡店看到你時，第一印象是近期日韓的那種年輕男星——看起來弱不禁風那種？」

「沒想到這麼帥！我會不會被自己帥死？」

我指著自己大吃一驚，學姐只是冷淡地否定。

「捧一下就飛天了？你最好就被帥死吧。」

「這還真困擾，我還是第一次收到女生的這種評價。」

「乖乖承認自己外在不錯有什麼困難的？」

「比起顏值還是學歷更重要吧！」我認真反駁。

學姐真是好女孩，平常我們愛鬥嘴，但也不吝於給予稱讚——雖然太誠實也不是好事。

對於她直率的讚美，我只是注視著遙遠的海面，吸了一口西瓜汁。

「我討厭自己啊，說是憎恨也不為過。」

音量並沒有特別大，也不想理會她有沒有聽到，我拿出手機查閱某個動態，看來差不多了。

「走吧，該去下一站了。」

「哎？大勇倉庫群這邊還沒逛完。」

「等等到蓬萊倉庫群再逛一下，晚點剛好可以去看西子灣的夕陽喔。」我給了一個非常合理的理由。

學姐也沒多說什麼，最後接受了。

在輕軌下一站的駁二蓬萊站，相對於大義和大勇倉庫群，這裡的倉庫比較少一點，但遠遠看去似乎有一大片空地，有些年輕夫婦帶著孩子假日來這邊玩耍和放風箏。

但這裡有一個特別的景點，是一條繞著倉庫群的小火車軌道，適合親子同樂。那是真的非常小臺的模型車，搭乘時整個人要坐在車體上。

名字好像叫什麼蛤蟆星，不過沒看到任何一隻蛤蟆。

「是哈瑪星啦，我想去搭搭看！」吐槽我後，學姐又像個孩子般興致高昂地想嘗試。

「屁股太大會坐壞小火車喔。」

「好像被你說得我真的很胖一樣……」學姐已經不想吵架了，逕自走向買票的地方。

我還是叫住了她，因為我有別的計畫。

「買票還要等耶，先去逛附近的咪咪嚕展覽，喜歡可愛東西的妳應該很有興趣吧。」

「咪咪嚕——是我們小時候看的動畫？是那隻白白的很可愛的河馬嗎？」

「嗯，還有河馬的鱷魚好朋友喔。」

是咪咪嚕還是嚕咪咪還是咪嚕咪呢？其實我沒看過所以隨便回了一句。而且河馬跟鱷魚很難是朋友吧，不過學姐似乎沒注意到。

不過幸好有勾起學姐的興趣，她拋下小火車，決定先跟我去逛咪咪嚕展。

倉庫門口的咪咪嚕造景吸引了很多目光，但人潮有點太多了，在入口圍成一圈，甚至還阻礙到內外的進出。

「人怎麼這麼多呀？」

「我怎麼知道。」

我暗自露出了然的笑容，一手抓著學姐、另一手嘗試撥開擠滿的人群，帶領她前進。

學姐的臉色看起來有點不適。「算了不要看了，去等小火車吧？」

「我們跟咪嚕咪拍一張照片再走嘛。」

「誰要跟你拍，你別得意忘——」

就在我們通過人群，猶如撥雲見日的那瞬間，學姐的話沒有說完，本來就難受的臉色先凍結了。

畢竟是短期的展覽，這一次錯過就沒有了，吸引了很多人來逛——也包括了想做相關題材的 YouTuber。

在造景前，有一位在跟粉絲拍照的小女生，看上去跟祐希學姐落在差不多的年齡。

小女生開心地和人合照完之後，注意到強行突破人群的我們。

或者說，是我身旁的她。

「……雪夢？」

那兩個字掀起巨大的波瀾，人群的目光全部聚焦在她身上。

不知是不是畏懼於人群所以沒能看清楚，學姐沒有注意到周圍其實可能都是她接觸過的粉絲。

或者說，或許早就有人在注意她了也說不定，畢竟是雪夢啊。因為某些原因，早已退出實況與水管圈的雪夢。

無法解讀，也不想去解讀那些目光是惡意是善意，是刀刃還是嘲諷。

一點也不重要了，也沒有心力去理解了。全部都是敵人，都是壞人。

或許這正是學姐心中的想法。

學姐的臉色一片慘白，身體甚至瘋狂顫抖，接著——詭異的狀況發生了。

彷彿深陷暴風雪中的木屋打開門扉，不知從何而來的寒風席捲全場。但除了我以外，群眾似乎毫無反應。

學姐一言不發地甩開我的手，在擁擠的人群中硬推出一條道路，最後讓她順利逃跑了。

剛剛的難道是學姐夢裡的北國寒風？

被留在原地的我，只是對著錯愕的群眾露出無聊的笑容。

「抱歉，先走一步了。」

「等等！你是雪夢的……」

長得嬌小甜美、還有點嗲聲的小女生人氣水管主叫住了我，她叫什麼名字來著？似乎叫做棉花？

算了，這種人的名字也不重要，我只是冷淡地回應。

「對於你們來說，我是雪夢的誰重要嗎？」說完轉頭就走，也不想理會他們。

我最後在附近的女廁外找到了祐希學姐，自己也沒想到會這麼順利，不過她會到廁所是有理由的。

雖然引起了周遭遊客的注意，我還是選擇站在一旁守望。學姐對著洗手臺不停地乾嘔、卻什麼也吐不出來。

不管是痛苦還是惡意，就算在胃袋中翻攪著，還是什麼都吐不出來。

或許是感覺到路人的目光再次集中到她身上，在乾嘔幾乎轉變成悲鳴沒有多久，捂住嘴的學姐漸漸平息下來。

她打開水龍頭沖了沖臉，再拿出手帕擦乾淨，淡妝幾乎被洗掉、模樣還是有些狼狽，這樣的她一轉身，就撞見在後頭等候的我。

「你——看到了？」

對於學姐那近乎於哀求的疑問，我只是笑著開口。

「就說午餐不要亂吃，腸胃在鬧脾氣了吧？」

「……隨你便。」

陰沉著臉的她並沒多說什麼，連吵架的力氣都沒有，只是頭也不回地往前走，我連忙追在後頭叫住學姐。

「不搭小火車了？」

「我想回家。」

哪怕跟那群人在一段距離之外，只要意識到他們在附近，學姐就會發自內心感到厭惡吧，想把跟他們連結的某些記憶吐得一乾二淨。

「好吧，現在也不早了，是可以回去了。本來想跟學姐去看夕陽，搞不好能順著氣氛親到啊。」

我裝出嘻皮笑臉的模樣，嘗試緩和氣氛，但背對我埋頭往前走的學姐，完全不想理會我。

走向輕軌站的短暫路途中，我只能自說自話，最終露出無奈的表情。

「不管逃避或者面對，他們也不會想來理解妳。」

結果還是忍不住多嘴了。我不會說不逃避、認真面對任何事情就能解決，那全是狗屁爛話。

只要活著，就得被很多的惡意——甚至是善意否定。只能當隨波逐流的多數，或是抵抗到底的少數。

不管怎麼選擇，最後都會遺忘、或者說「殺掉」了自己。

好一點是殺掉自己的夢想、自己的個性、自己的堅持，最糟的結果——大概就是生命吧。

然而，我今天做的事情，或許比單純結束生命還要過分吧。

在火車站等待北上列車時，我也沒有把自己的真正心聲透露給學姐。

當然，推薦祐希學姐去駁二特區，同時透過持續關注手機確定知名水管主已經在咪咪嚕特展開實況，並且恰巧帶著學姐去特展撞見水管主……

這樣的惡劣計畫，我現在也還不會告訴她。

除了苟延殘喘的生命，我已經殺掉了太多自己。其中之一，或許是所謂的正義之心吧。

正因為現在什麼都不能說，我只好繼續扮起小丑。

「等等晚餐時間我們應該還在火車上吧，學姐要不要買臺鐵便當吃？」

「我沒有胃口。」

「那我請學姐一餐吧，如何？」

「我說了，我沒有胃口……」她只是壓抑著怒氣，用難以置信的表情瞪著我。

「你到底哪裡有病？人家身體不舒服都看不出來嗎？」

面對學姐的質問，我沒有再次露出嘲弄的微笑，而是表現出真心難過的表情。

首先，我得跟受害者站在相同的立場。而這次的我，至少有一半是真心的，並不全是謊言。

「我是真的擔心學姐，妳剛剛的狀況不太好。」

「什麼都沒有，只是身體突然不舒服。」

學姐當然否認了，我們注視著月臺剛好進站的區間車，乘客來來往往。

在她的心中，肯定開始懷疑了吧，懷疑我是不是知道她那些公開的祕密。

不然，她也不會這樣直接問出來。「……你是不是都知道了？」

「知道了什麼？」我用真正不能理解的語氣反問她，接著說出自己的想法。「我不了解學姐妳，正如妳也不了解我，別忘了我們在一星期前，也不過是打工認識一段時間的普通同事。」

「在我看來你倒是痞痞的，從沒正經過。」

她的評價正確無誤，這是我想成為的那個樣子。所以我像個孩子般笑了，搔了搔頭。

「沒錯，但我過去可不是這樣子——以前的我更像個渾蛋。」

「渾蛋？你現在就是了。」

「是的，我現在也差不多吧，但以前更無可救藥，真正沒救的那種。」我瞇起眼睛，回憶並編織起過往。「我生在一個還不錯的家庭，長大後還多了妹妹。儘管妹妹充滿天分，爸爸媽媽還是對身為長子的我更有期望。」

我的視線停留在離站的火車上。

「他們期望我的音樂天分能開花結果，但我對他們的教育方式嗤之以鼻。」我笑得更開心了，因為說謊太簡單。「雙親什麼都不懂，從小我就這樣想。我很棒很厲害，我什麼事都能做到，事實上我小時候成績就很好、長得很可愛，又很會彈鋼琴～」我笑著攤開了雙手。

「儘管表面裝成品學兼優的好孩子，但是在國小我就偷偷開始當壞小孩了，或許還霸凌過別人吧。反正鬧出事情父母會出面平息，因為父母太溺愛我了。」我收起了笑容，面對著發愣的學姐。「所以，如果有所謂的命運，我就是遲早會被命運懲罰的那種人渣。」

儘管我沒有真正犯下道德上的大錯，但放縱人生的下場，或許就是讓命運也放棄了你。

「短暫美好的過去猶如空中樓閣，在某個事件之後終究迎來了盡頭。看似正常的家庭仍然能在轉瞬分崩離析，逐漸墮落下去的我，最終被這個社會還存在著的正義懲罰了。」

果然，對於正義那個詞語——學姐臉上閃過難過的表情。

「我遭遇的那起社會案件鬧得很大很大，大概上了幾個星期的新聞版面吧，全臺灣都關注著案情。但我事後看了無數的節目言論或者網路的討論，卻沒有人真正觸及事件的答案。」

對，從來沒有人理解過。這整起事件的來龍去脈和內部的真相，他們這些外人無從得知、也無法明白。

正因為如此，我感到心灰意冷。

「我覺得無聊，那些人憑什麼如此認定？誰被拯救、又是誰該死？我放棄去理解這個世界，反正不管我怎麼狡辯，他們也不會理解。」

是的，他們不會理解。因為對他們來說，那些言論已經是正義。

「我心灰意冷地過著日子，反正就這樣吧，事態不會更差。但這樣的我，還是因為某個契機被拯救了。」

通常說出這句話時，就代表自己早已心死了吧。但在放棄多年的我面前，最終她卻出現了。

以神祕的死亡預言勾起我的興趣，證明我得以存在的她——A子。

不僅僅是死亡預言，她是否也看到我那如小丑般的悲慘人生？

我忍不住笑了，在學姐面前想著別的女人，實在是很過分呢。

「所以不管學姐有什麼麻煩，妳一定能找到方法解決的。」

這句還是浪漫理想到有點噁心，我已經在反胃了。還好我們要搭的火車來了，不用再多瞎掰。

但學姐只是盯著面前的人群，望著那分不清意圖的「人們」而不敢跨出下一步。

「這——真的能辦到嗎？」

那是發自她內心，痛苦已久的疑問吧。

我口中那真假參半的杜撰人生中，或許只有接下來這幾句才是我的真實想法。

「或許很困難吧。所以妳我才這麼喜歡玩遊戲，並且深深沉浸其中不是嗎？」

只是學姐找到比遊戲更溫柔的，更想取代真實世界的夢境罷了。

最後我刻意講出的，確實是喚醒她初衷的一句話：「之後再一起玩遊戲吧，妳這宅女。」

「嗯……」

儘管沒有明確的答應，但從離開駁二特區到現在，學姐的表情和身體總算逐漸放鬆了。

我們踏進列車，找到車票上的位置坐下。

「謝謝你。」火車一開動，凝視著窗外的學姐便不經意地開口。

「啊？沒想到學姐會跟我道謝？」

她用手肘撞了撞我的肩膀，吐了吐舌頭。

「我還是會道謝的好嗎？你到底把我當什麼了。」再次別開頭，她臉頰微紅著說。「總之——謝謝你，我感覺你什麼都知道了，沒想到你願意站在我這邊。」

果然把月臺等候的那一段對話，當作了支持者的發言。我溫柔地笑了，眨眨眼。

「我真的不知道妳身上發生了什麼。但我也不會過問太多，學姐趁這次出國機會，好好調養身心吧？」

祐希學姐隨即滿臉愁容，最終還是放棄似地輕輕笑了。我都說到了這個地步，她仍舊沒對我吐露心聲。

「平常覺得你都不太認真——但我感受到了，你剛剛的話很誠懇，你真的很努力想鼓勵我。」

是的，我幾乎沒有說謊。在某些前提下，之前說的那些或許都是真話。

「我做人一向坦蕩蕩的，沒有半句謊言。」

「算了吧，哈啊——」她打了個哈欠，經過一整個下午的遊玩加上最後的「偶遇」，想必早已身心俱疲。

「妳好好睡個覺吧，火車快到時我會叫醒妳的。」

「拍照還是要收費喔，不過看在你後來表現不錯，勉強收一半吧。」

「那我趕快架好攝影機，妳先別睡呀！」

被我逗笑的學姐又發出銀鈴般的笑聲，抱起包包闔眼。等到她沉沉睡去了，我才放下假裝在使用的手機。

對著沒什麼戒心的祐希學姐，我嘆了口氣。

「抱歉。」

這聲對不起，是對方才被我欺騙的學姐說的。但我也沒想到，她會放下戒備真的睡著了。

「……妳太善良了，祐希學姐。」

所以妳輸給了他們——輸給群眾自認為的正義。這種有夠無聊的事情，妳根本不該太過認真。

但我也沒好到哪裡去。妳戰敗了，而我逃離了戰場。

不管如何，經過一整天的努力，我再次獲得進入學姐夢境的機會，應該能順利闖入吧？

明明還是未知數，卻刻意勾起學姐的心傷，只為了藉此介入，成為能被她認同的朋友，而不是同事。

不擇手段達到目的，我果然是人渣啊。

如果等等再次遇到祐希學姐，而且沒有被北極熊一掌秒殺的話。到時候，我會把自己真正的心聲告訴給她吧。

如果，我確實在乎著她的話。

在意識消失前，我原本還很擔心會進入自己的夢境，或是就這麼睡死、什麼都沒有發生……

還好首先感受到的是刺骨的寒冷，馬上就能肯定我又造訪了學姐的雪國。

安排一整天充滿惡意的計畫的結果，也只是拿到這張樂園的門票。

我睜開眼睛環顧四周，地點一樣是在荒野中的路燈下。雖然剛剛有加件外套入眠，但不知為何夢中還是短袖，又得像上次那樣靠著顫抖取暖。

「這個地方不只冷、還沒有白天嗎……」

簡直像早期的遊戲，不會有日夜交替之類的設定。

這只是直覺，我相信學姐的夢境中根本沒有白天。事實上，在靠近南北極圈的區域本來有永夜或永晝的現象。

撇除這點，不管是進入A子還是學姐——甚至是我自己的夢境，這樣的體驗都像閉上眼睛在交通工具上睡一覺，醒來就到了另一個地點。

一再去想像同樣的夢境，最終讓夢境的體驗無限接近真實，於是，便模糊了現實與夢境的界線。我突然冒出這莫名其妙的想法。

「沒有下雪呀……」

天空的烏雲散去了，幾乎沒光害的星空壯麗地呈現在我面前，顯得其下的人類是多麼渺小而可笑。

這一次，我還是只能沿著路燈指引走去遠方那座城鎮了吧。就算我故意消失在荒野中也沒用，解決不了任何事。

還會遭到北極熊掌的伺候嗎？這樣的恐懼讓我多少有些猶豫，畢竟我還是怕死啊。

但在似曾相似的路燈下，我又見到了那隻站著的北極熊。

「……」故人久別重逢，我對牠露齒微笑。「來呀，我這次已經做好準備，大概可以多活五秒吧。」

我做出預備戰鬥的姿態，還嘗試揮出幾記刺拳威嚇，這一拳可是能突破音速呢。

雖然一掌下去還是會被巴飛吧，人類的肉體就是如此弱不禁風，所以我們用溫室效應讓北極熊滅亡。

「……」但這次毛茸茸的白熊只是無辜地盯著我，並沒有更進一步的反應。

「你在幹嘛？難不成以為你能打敗熊？」

雖然熊沒有動作，卻冒出了可愛的女孩子聲音。聲音有點熟悉，但好像——有點不太相同。

「原來是一頭母熊！能溝通就好了，就算妳們的棲地被人類破壞了，也不用吃掉我來洩憤吧。」

「噗，貝米才不吃人，她是素食者主義者。」

我揉了揉太陽穴，苦口婆心地奉勸：「還是不要勉強雜食動物吃素吧，如果營養不均衡也不行啊。」

出。

「你管我！」

當然我也知道，女孩的抗議不會從那張緊緊閉上的熊嘴裡發出。

疑問沒有持續多久，聲音的來源就主動從毛茸茸又龐大的北極熊身後走出。

這一現身讓我嚇得不輕，揉揉眼做出誇張的吃驚表情。

「……學姐，妳怎麼變這樣啦？」

眼前的人毫無疑問，是我那又正又大奶的學姐——的小隻版本。看起來小了好幾歲，但小時候的學姐不是這樣子吧？或許是那維持燙捲的頭髮，和沒辦法抹去的大人口吻與氣場造成的違和感。

一言以蔽之，就像將大人的靈魂放進了小孩的軀體中。

但外觀還是有顯著變化的，不只臉蛋變水嫩、身高也矮了，重點是胸部也縮水了可惡。

小學姐穿著看起來很保暖的灰色厚毛衣，頭上掛著不小的粉紅耳罩，毛線手套上還抓著一件皮外套。

「誰是你學姐？我應該跟你差很多歲數吧？」

都到現在了，祐希學姐還是選擇裝傻。

我微笑著反問：「我認識一位大姐姐，很像妳長大後會成為的樣子。但她除了胸部和臉蛋以外沒什麼優點，個性很差又難以溝通，希望小妹妹妳不要變成那樣的大人啊。」

小學姐沉默片刻。

「你給我記住，拐彎抹角罵人真惡劣。」

我倒是很訝異她馬上就承認了，不打算繼續演了。

「所以，妳怎麼是這個樣子呢？」

「那重要嗎？」小學姐嘆了口氣，插著腰瞪向我。「沒想到你會進到我夢中，上次聽到貝米的聲音，趕過來看到的那個在垂死掙扎的人，真的是你啊。這嘴賤的樣子，絕對是本人，不是我的想像。」

雖然如此說著，小學姐還是充滿懷疑。畢竟怎麼可能會有人能進到別人的夢中呢，就跟現實中有死亡預言一樣不合理。

「請不用擔心，我就是本人。」

「你怎麼證明？」

好問題，我拍了拍手、帶著和藹可親的笑容走過去。果然只能用行動證明了吧？我一步步接近她，小學姐的臉也僵硬了。

「你、你要幹嘛？」

「因為小學姐太可愛了，想抱一下親一下呀～」

我發出不置可否的笑聲，讓她的臉色更加蒼白。

「夠了！這猥褻的態度果然是學弟！」

「用這方式證明真糟糕呀，我也不想呢。」我厚臉皮地說。

彷彿在保護主人，名為貝米的熊擋在我們之間，形成一堵毛茸茸的高牆。

對此我攤了攤手，只能往後退回去。

「我相信了，但你是怎麼來到這個世界的？所以現實中的你也在睡覺了……」

「而且是睡在學姐的腿上呢。」

「還是讓你曝屍荒野吧。」

我假裝害怕，但小學姐提出的確實是好問題。

「肯定是因為對學姐的愛吧，才會進入妳的夢中。」

「劉松霖，你給我認真的答案，否則我就讓貝米吃掉你。」

「妳明明說她是素食主義者！」一邊哀號著，我繼續裝傻回應。「我確實不知道，不過有一點是貨真價實的。」

我露出自認不錯的笑容，溫柔地說：「我是因為重視學姐，才會出現在這裡。」

如果我是在星期五那時說出這句話，現在大概還是會被熊揍死吧。

不過現在的情況有些變化了，由於今天安排的約會，我們的關係有稍微改善一些，我也獲得了她的信任……吧？

這是吊橋效應的實證，在遭遇痛苦過往而慌恐不安的學姐面前，我鼓勵並安慰了她。

甚至可以說，如果不是相信我，她也不可能用這個姿態出現在我面前。

小學姐輕哼一聲，就算身體變幼了，這動作還是充滿十足的大人感啊。她將手上的外套丟給我，大概是要我注意保暖吧。

等我穿起貼心準備的外套後，小學姐朝我伸出了手。

「雖然還是不知道你怎麼會出現在這裡，但外頭很冷，所以跟我們回去吧，一起回『樂園』。」

臉頰微紅的小學姐雖看起來不太高興，卻做出跟上次夢境完全不同的選擇。

樂園？

我只能露出感動的笑容，回握住她的手。

因為某個情況，我必須先簡單介紹一下《Fairytale》遊戲的背景。

這遊戲的劇情是描述一位掉落至地底世界的人類小女孩，為了尋找回家的路途而展開冒險。

地底世界都是各種非人怪物，怪物被人類趕到地底並封印，只有極少數的人類會因為某些因素落進地洞，我們操控的角色就是其中一位。

基本上，整個地底世界只有意外墜落的小女孩是「人類」，其他皆是「怪物」。在傳統的遊戲中，怪物大都設計成要打敗的敵人。但這款遊戲有趣的是，系統設計上我們卻可以選擇原諒怪物，也就是在不殺掉他們的前提下進行遊戲，最後會因為你對怪物的行為而決定結局走向。

為何我需要特意介紹這遊戲？

因為我再來所見的景象，讓我相信學姐真的受那款遊戲影響很深。

又或者，她只是單純對人類厭倦了。

雖然我很納悶為什麼不讓北極熊貝米載我們一趟，而是讓牠雙腳站立走在後頭給我莫名的壓力——妳是馬戲團溜出來的熊嗎？

但從我遭到北極熊襲擊的地點到小鎮的距離並不遠，沒有多久就看見木頭搭起的簡單柵欄與大門。

小學姐對門口屹立不搖的身影揮揮手，跑過去跟對方打招呼後向我介紹。

「這位是鎮長，他因為擔心我們才在門口等待喔。」

所謂的鎮長，是一隻國王企鵝。

如果我的常識沒有錯，企鵝是生活在南極的生物，北極熊顧名思義是在北極啊。

所以這是哪顆地球？我瞥了後面的北極熊一眼，突然明白了什麼。

「原來鎮長是過冬用的備用食糧。」

小學姐氣得鼓起臉頰，指著我喊道：「就說了！貝米是素食主義者——不過偶爾會去釣魚，分享給大家。」

「這設定也太矛盾了吧，好好做夢好嗎？」

小學姐輕哼一聲，國王企鵝則聒噪了一陣，完全不知道牠在講什麼。但小學姐好像懂了，只是露出惡作劇的笑容。

「鎮長說你再有意見的話，就隨便做個雪屋給你過夜喔。」

「我覺得住雪屋好像也不錯？難得都到極圈了啊。」

表面上開著玩笑這麼說，我心中卻有不同的想法。

似乎越來越不妙呀，在夢中又說著要睡覺什麼的，只代表學姐陷得非常深。

明明有意識到這僅是夢中的世界吧，卻開心地融入其中，讓自己成為其中的一分子。

總之暫時先不跟學姐作對，讓鎮長領著我們進入小鎮。

「鎮長要帶你去認識小鎮裡的大家，他們都還沒睡喔。」

是有聽到鎮長講了不知三小，既然動物語專家學姐這麼說，就當作是這樣吧。

而眼前所見的樂園，其實就是一個典型的北歐城鎮。將雪鏟走的街道兩側，是尖屋頂的各色老木屋與透出黃光的方形白框窗戶，充滿少女心的浪漫元素。

加上似乎正在過著耶誕節，城鎮裡到處都是成串的燈飾。在寒冬中，五顏六色的燈光看起來增添了不少溫暖，有讓我心情平靜的異樣魅力。但平靜的原因不是旅行，而是這裡的一切都顯得陌生。

如果我能到一個全新的地方，拋棄過往或者某些愚蠢的堅持，真正成為另一個人活下去就好了。

不說學姐，偶爾我確實會這麼想。然而，我終究不曾做過這種美好的幻夢，一次都沒有。

每次在夢中迎接我的，只有那夕陽西下的老舊房間，以及將迎來命運劇變的兩人。

這大概是我和學姐之間最大的實質差異了。我難得想了太多，或許也是受到進城後就開始飄下的小雪影響吧。

「學姐呀，妳下雪有沒有什麼設定啊？剛剛進來時明明沒下雪。」

走在旁邊的學姐皺著眉，看起來很不爽。

「雪就是天氣變化呀，我怎麼能選擇要不要下雪？這世界一開始就這樣子。」

世界一開始就這樣子啊。好吧，我暫時接受這個說法。

我們很快就來到一間大屋子，在屋外就能聽到各種吵雜聲。小學姐推開了木門，不出所料，裡面非常熱鬧。

看起來是一間酒吧，室內是典雅的裝潢，流淌著柔和的古典樂，角落燃燒的壁爐讓我脫下了外套。

酒吧中有喝酒的客人、隨性聊天與打牌的客人，也有喝醉在哼著亂七八糟旋律的客人，無論是在做什麼，大家都有個共通點——沒有一個是人類。

眼前全是各種動物，哈士奇或白狐或是雪兔什麼的，也都還維持著動物的姿態。

那些動物到底是怎麼抓住酒杯或玩紙牌的呢？注視著一隻橘貓身邊空空的酒杯，這是我現在最大的疑問。

但就像在玩遊戲，認真探究就輸了。

物。

記得《Fairytale》裡也有這麼一座怪物小鎮，雖然學姐的夢境居民都是動物。開門的我們引起了大家的注意，動物的喧嘩聲更大了。

「各位，我帶『新同伴』來了喔！」

小學姐擅自開心地喊道，已經將我當作那群非人者的伙伴，我只好乖乖配合。

「大家好，雖然想自稱猩猩，但這小鎮搞不好有真的猩猩吧？所以我是猿人的代表。」

小學姐只是笑罵道：「不要亂講啦，好好介紹不行嗎？」

「一般提到自我介紹也只是講講名字和出生地吧？但來到樂園後我想換一個名字活下去呀，不然我還能介紹什麼？」我無辜地反問。

對此，小學姐摸著下巴若有所思。

「說得也是，要不然有沒有什麼才藝能秀給大家看看？雖然我知道學弟你是一個枯燥乏味的人。」

「我的目標是成為學姐的枕頭嘛，讓我想想……」目光往周遭掃去，我意外發現一件有趣的事物。「才藝表演呀，無聊的我還是有學過一點，你們先坐好吧。」

小學姐拉著企鵝和北極熊到同一桌坐好，那模仿人行動的貝米沒坐斷木椅真是太神奇了。

我走到引起我注意的那臺鋼琴前，坐定後，能感受到動物們、包括學姐的目光都投注在我身上。

自某天後我就不曾再碰過琴鍵，身邊也沒有鋼琴能彈奏。就算是我主動放棄了這些，但受到眾人注目的感覺還真是讓人懷念啊。我也沒想到，許多年後的第一次彈奏會是在虛無飄渺的夢中，簡直無比諷刺。

但——我也就只能透過音樂，才能深刻地動搖學姐的心靈了吧。

「學弟，你會彈鋼琴？」

哥哥——你能彈鋼琴給我聽嗎？

彷彿妹妹就站在旁邊期待地注視我，闔上的眼睛後方閃過無數的過往畫面。

我沒有開口，以琴鍵的聲音當作回應。雖然是隨興彈奏，最適合表述我心境的——或許就是那首奏鳴曲了。

演奏過程中我只是讓五指順著過往的靈魂的本能去舞動。

是啊，以靈魂的本能來形容再適合不過了。

到了最後，我甚至已經聽不到耳邊的旋律，反而想起很多很多的聲音……

狐群狗黨的嬉笑、與家人的對罵和妹妹的啜泣。以及，那改變一切的槍響。

一曲完畢，那些雜音隨著琴音的結束而遠去。全部，不過是荒腔走板的回憶。

放眼望去，臺下的動物全部消失了，真實地顯現出這只是場夢而已。在鋼琴前方，只剩下沉默著、表情充滿哀傷的小學姐。

彷彿有道聚光燈打在她身上，學姐凝視著我。

「為什麼這首鋼琴曲聽起來很悲傷？」

「只是普通的《月光奏鳴曲》第一樂章。」

「但這是在夢中的鋼琴曲。」

所以妳真的能聽出什麼嗎？不過是為賦新辭強說愁。我套上外套，開心地笑了。

「走吧，去外面逛逛。」

雖然外面很冷，但我還是想出來看看。不然實際上只有兩人的酒吧，才真的讓人非常難受。

在僅有兩位人類的城鎮街道中漫步，我抬起頭注視著飄雪的冬夜。永無止境，迎接不到白日的夢中樂園。

「學姐，妳能做出極光給我們看嗎？」

「你是把我當神？當然做不到呀，這——」明明猶豫著，但學姐終究違背了自己的心聲，輕輕說出那幾個字。「是真實世界……」

她嘶喊著：「是真實世界呀……」

對於學姐那過於荒謬的辯解，我嘆了口氣。

「妳只有在恐懼人類的時候，才會感受到寒冷不是嗎？」

她停下腳步沉默了，我又嘆了口氣。或許，是時候攤開來說清楚了。

做好覺悟後，我轉身面對學姐，壓低了聲音宣告。

「別再自欺欺人了。」

「……」

小學姐低下頭選擇沉默，但我必須說下去。

「這不是什麼樂園，只是妳創造的一場夢。沒有浪漫的北歐小鎮、沒有和善的動物居民，這全都是妳的幻想。」我攤開雙手示意周遭，「躲在這裡只會一事無成，不如這樣問吧——學姐真的做得出極光嗎？」

我朝軟弱的她逼近，給予至今最嚴厲的一句話。

「剛剛妳不就動搖了？聽到我的彈奏，是不是發現自己終究只有一人，所以動物全消失了？」我加重語氣，「妳以為這樣會開心嗎？講難聽點這就跟玩妳最愛的遊戲一樣，妳從遊戲過程中獲得滿足，然後呢？遊戲結束後又剩下什——」

「那你說要怎麼辦呀！」對於我連環的質問，受不了的學姐吼了回來。帶著兩行淚水，學姐只是顫抖著雙肩說道。

「我以為你能夠理解我！學弟明明也——明明看起來也經歷過那麼多事情，我感覺得出來呀……」

最後，那只是一句哀求。

「為什麼要否定我？」

為什麼要否定妳？答應太過簡單，只因為——

「我沒辦法拯救妳，並非妳奢望的那位『男主角』。」所以站在普通人的立場，我選擇了最簡單的責備。

從小學姐那因絕望而睜大的雙眼來判斷，也許她真的有這麼思考過吧。期望著在今天的約會後，能理解她的我也能夠改變她。

或者，跟同病相憐的她一起向下沉淪。

但結果是，我還是站在了她的對立面，成為了「他們」。

「為什麼總是這樣……」所以學姐只能無助地蹲下，抱住雙腿啜泣。「想要你們的理解、想要你們的一句道歉——這真的有那麼困難嗎？」

視線突然被捲起的暴雪覆蓋。雪片散去後，一一湧現的畫面竟然是那位女孩的成長軌跡——最初，卻是一句怒罵。

「要找爸爸的話！妳自己去北海道找！」

雪國的夢，僅僅來自於一句話。

當時還年幼的她並不能理解爸爸與媽媽沒有住在一起的原因，在每天纏著媽媽詢問後，終於得到媽媽的一句大吼。

小女孩的全名叫做徐祐希，在臺灣人中，她那有點日本味的名字稍微特別了一點，也被同學嘲弄過。

事實上，徐是改從母姓的結果，原本祐希應該有一個日本姓氏，但這點也隨著婚姻破裂而結束。

父親到底是不是住在日本的北海道呢？祐希至今從未再詢問過母親，長大後也知道，那位離婚後就未曾探望過她們母子狀況的父親，他的下落根本沒有必要去在意。

而那是她人生中，第一次遇到的「不能理解」與「遭到背叛」。

童年時，為了尋找父親下落，她翻過很多旅遊書籍。當然，她小小的腦袋還不太懂北海道真正在哪，或許跟北方的很多國家或地點混雜了。

總之，那是一個飄著雪的地方吧，有漂亮的房子和溫暖的感覺……雪國的景色，從此烙印在她的夢中。

小祐希就在一個分裂的單親家庭中成長，雖然母親給與她足夠的生活所需，也沒有因生活的不愉快而虐待她。但或許是從她的名字殘留的部分、或者是那五官中遺傳了陌生父親的某些特徵，每次母親煩躁的時候，總會忍不住唸個幾句。

「看著妳就很討厭呀，妳長得像那個男人，會不會長大後也跟他一樣背叛我呀？」

對於孩子來說，這種無心抱怨，或許是太過分了。

為什麼呢？我長得很醜嗎？媽媽討厭我嗎？

小小的祐希不能理解，就算詢問母親也只會得到責罵，久了她便選擇將這些疑問往肚裡吞。

就算成長了，明白了當年母親的幾句碎唸只是對生活苦悶的抱怨，但這樣對外貌的自卑感已經根植在她心中，難以抹滅。

因此，即便在同齡女孩中有著出眾的容貌，就讀國中與高中時，祐希也選擇將自己的樣貌隱藏起來，戴上粗框厚眼鏡、不愛化妝，也不打理自己的髮型。

「這樣就夠了……」

撇除這些無形中的語言傷害，母親還是為了這個家庭付出很多。

想讓努力工作的媽媽放心，祐希將大部分的時間拿來讀書，以及去母親要求她下課後要繼續上的補習班。

這是位非常典型的，在這有些扭曲的教育環境中迷失的年輕學生。

不幸的是，在國高中階段，祐希雖得到了認真讀書應有的成績排名，她卻沒有真正獲得同學的喜愛——或者說，她沒有得到任何一位真心朋友。

「祐希，拜託啦！功課能不能借我抄！」

平常的時候，班上較混的女學生們會跟她借筆記甚至是功課，祐希每次都二話不說就借了出去，大家也都和樂融融地相處。

但某次放學，趕著去補習班的祐希發現一本講義沒有帶到，只好回頭去拿。

在教室的門邊，聽到教室裡傳來學生的嘻笑聲，班上某位同學的一句話讓她停下腳步。

「妳說那位俗到爆的黑框乳牛？誰要約她去逛街啦哈哈！」

緊接著是另一位女孩的嘲弄。

「其實祐希化妝打扮後應該不錯呢，胸部這麼大，搞不好很快就會破處呀。」

「算了吧，哪個男生會約她啦！她全身就散發出『我是教室裡一塊破抹布』的臭酸感。」

「呵呵，這倒是呢。」

最終，是她們一致的結論。

「就只是書呆子，她什麼都不會呀。」

「……」

或許稱不上語言霸凌，因為她們沒有直接對著她講出口。

但毫無疑問——祐希的內心受了傷。那天晚上的補習，她第一次翹課了，只是躲在某處公園的廁所裡啜泣。

她不懂，明明大家都會跟她詢問課業，背後為什麼要說得這麼難聽？

這或許是她人生第二次遇到的「不能理解」與「遭到背叛」。

祐希沒有將這些事說出來，她明白同學私下說的話雖然難聽，某些內容卻是事實。

對異性來說她沒有吸引力，只會死讀書、沒有任何才能，個性又死板無趣。

我該怎麼做呢？要怎麼做才能獲得大家的喜愛呢？

就像她一直努力想博取母親的認同那樣。

要讓母親能夠放心，最直接的方法就是考到一所好大學、進一步找到一份好工作。所以她考取了一所頂尖大學的經濟系，心想這樣就夠了吧，熬過六年的痛苦讀書時光的祐希，在這一刻才稍微獲得了解放。

母親為了讓她在外讀書方便，一反過去禁止她看太多電視、家裡也沒有電腦的狀況，買了一臺不便宜的筆電給她。

由於老家跟大學有段不小的距離，祐希也順利住進了學校的女生宿舍，真正脫離了家庭的掌控，開始學習獨立生活。

跟很多初入大學的新生想法差不多，祐希決定要好好享受大學生活，這樣的她開始參與社團、摸索怎麼化妝打扮——怎麼讓自己的青春變得精采。

她本來就長得很好，又刻意「修改」了自己的個性，試著在大眾面前變得開朗活潑，受到大家歡迎。

轉眼間，她便成為大一新生中最受注目的學生，甚至被一些社團的學長追求。

祐希總算體會到「被人喜歡」的感受……即使她還沒來得及細細理解「被人喜歡」與「被人重視」的差別確切在哪。

而真正為她開啟另一段人生的——竟然是一款電腦遊戲。

《Fairytale》。

是她在某次沒有回家的假日，偶然間聽到這款遊戲的音樂，然後純粹好奇想玩玩看音樂背後的遊戲，於是下載來玩。

她完全沒想到，簡單的像素風格中會乘載著製作者的用心以及細膩深刻的劇情，她因此愛上了電玩。

會玩電玩的女生根本是稀有動物，其實祐希也有意識到這點，所以一開始想要好好隱藏。由於家庭和學校的「失敗」經驗，她很害怕變得不同。

不過很快就升上了大二，離開了女生宿舍的祐希選擇在外自己租房，總算獲得了隱私。然後，她看見了一個機會。

那是實況主與水管主這些網紅概念開始在臺灣萌芽的時期。

只要能夠展現自己，不管是藉著實況遊戲、還是拍攝什麼新奇的內容，藉著網路隱藏的無限潛力，就能有機會一舉成名。

——我不想成為一個死讀書的人。

「如果能將好遊戲分享給大家的話……」

雖然最初對祐希而言，更多念頭是想將好玩的遊戲推薦給網友，想與大家共享這份感動。

那是只要接觸過美好事物的人，都必然存在的一種想法吧。

相關設備裝好後，她開始了人生第一次實況。她將自己的暱稱取名為雪夢——只因為那雪國的夢境從未中斷過，實在有點不可思議。

第一款嘗試實況的遊戲就是《Fairytale》，不管玩幾次，最後她都會忍不住哭出來，她就是那麼感性的個性。

因為是隨興做的實況，她也維持著未化妝和老土眼鏡的形象，之後又這樣實況了幾款遊戲。

但她很快就注意到——實況時的人氣異常低迷，就算錄製成影片轉到水管上，也沒什麼觀看數。

只是這樣不夠嗎？到底要怎麼做會吸引到人呢？

一個月內的課餘時光，祐希一直在思考這個問題。敏銳的她，注意到那些熱門臺主都有各自的獨到之處。而最終——祐希找到自己想創造的特色。

「我來扮演遊戲裡面的女角色如何？」

上大學後被很多男生追求，祐希才注意到自己的外貌不錯，至少上鏡頭沒問題了。

但在角色服裝方面，這就不是一件簡單的事情了。完全沒有概念的她第一次去研究COSPLAY，甚至還跑去詢問同校的動漫社團，拜託她們幫忙準備材料。

就算沒有特別想玩，祐希還是挑了一款快要上市的遊戲，確定要扮演誰並做了充足的準備。

雖然那位女性角色的穿著好像有點暴露，讓她有一些害羞。

也許也是想向國高中在自己背後說著壞話的那群人證明，我是一個有趣的人，我已經走出他人的言語傷害……

祐希選擇不去在意角色服裝大膽暴露的問題，並在大作上市的當晚，她第一次以角色扮演的模樣亮相，還把自己的畫面故意調大一點。

僅憑這樣或許還是不夠，沒有人能猜測到下一個是誰會紅，就連祐希本人當初都覺得玩玩就好，反正只是嘗試看看嘛。

但在種種——或者說是必然的命運捉弄下，她成功了。

看著頻道不斷刷出的聊天與源源不絕的捐贈或訂閱，祐希甜甜地笑了，她終於被很多人注目了。

當晚的實況人數刷出自己頻道的新高，並做為一個COS實況主爆紅而被很多網友認識。

一直以來都是獨來獨往，甚至被人私下瞧不起的祐希，還是第一次享受到被眾人簇擁的感覺，就算是一群不知道樣貌的網友。

她看不到聊天室的網友背後的真實模樣，這確實是有一點不安，聊天室的發言細看似乎也有點問題，甚至帶著色情含意，讓隔著網路世界的她也有點害羞。

但，那又如何？

只要有網友買遊戲就成功了，她只是在螢幕前表演罷了。而且作為對過往自卑過度的反擊，她反而認為女性展現自己的「美麗」有何不可？

祐希想將螢幕彼端的那些意念，簡單解讀成善意就好。因為看不到聽不到碰觸不到，所以他們傷害不到自己。這裡不是真實世界，沒有會當著妳的面指責，大不了就關掉螢幕。

只是玩COS兼遊戲實況，這想法到底哪裡有問題呢？總不會還有人批評吧？

那是她當下最真切——也最天真的想法。

結束實況後，換下COS服的她先跟動漫社的合作伙伴道謝，簡單討論一下未來的合作事宜，最後帶著飄飄然的心情入睡了。

那一晚，並沒有夢到雪國。彷彿那個國度粉碎落入了深淵，不需要再被記憶。

但那或許才是，惡夢真正的源頭。

惡夢的源頭，在於她開始獲得了群眾的「注目」。

在那款遊戲實況爆紅後，雪夢做為COS遊戲實況的可愛女生，開始受到很多網友（特別是男性）的歡迎。

祐希也建立了自己的粉絲專頁，按讚人數的成長遠超過她的預期，做出女角的性感打扮就能吸引到這麼多人嗎？那些鼓勵和支持的大量留言讓她眼花撩亂。

為了證實這點，在另一款大作的實況時，她刻意扮演成了粗曠的男主角。

結果——影片的人氣在這款遊戲確實掉了不少，先不管遊戲好不好玩。

看來大家都是衝著她的好身材來觀賞的，祐希沒蠢到無法認知這個膚淺的事實。

她不得不陷入這樣的掙扎，要挑選能扮演高暴露的、那種一看就很宅的男性向遊戲遊玩，還是自己更想玩的、像是《Fairytale》一類的小品遊戲？

經過一番掙扎，她想選擇折衷的道路。

每次挑選下一款遊戲時，祐希盡力挑選看起來有興趣、女主角設計也有魅力的作品。

儘管做了一些妥協，雪夢的人氣仍是直直上升，做為一個「賣肉型COS正妹遊戲實況主」被網友貼上了標籤。

這時祐希已經察覺到評價有微妙的問題，卻沒意願去阻止。或者說每一天都在大學課業與實況中忙碌的她，並沒細心觀察到輿論的發酵。

而伴隨著人氣的成長，女性實況主理所當然的生態圈——「騎士團」誕生了，祐希也是混圈子一段時間後才知道這樣的詞彙。所謂的騎士團，就是一群死忠的男粉絲，會為了女實況主捐贈大量的金錢，或是私下給予很多援助。

原則上，祐希幾乎來者不拒，對於粉絲也採取放縱的態度。甚至在不太超過的前提下，會回饋那些騎士團的意願，實況某些他們想看的遊戲，或是在群組裡辦一些線上小活動。

與其說是玩弄那些有經濟能力的男性，她不過是秉持著服務業的精神，既然人家多付了一點，多給一些回饋也是理所當然的。

而且，請動漫社的伙伴幫忙準備服裝，就算有付材料錢，出於人情還是想將一些實況或影片所得分享給他們。

漸漸的，這已經不是祐希一人，而是兩三人的小團隊，自己分到的錢也不多。這點她也告知給粉絲了，希望大家多關注遊戲本身的有趣。

當然，號稱火山孝子的某些特定粉絲在實況時還是大筆大筆地捐，甚至開玩笑說想買走雪夢。

她只當作玩笑——只是玩笑吧？

無論如何，只有一個原則祐希沒有打破。雪夢沒有舉辦過任何線下的活動，一次都沒有。

她認為這是唯一保護自己的方法，就算生活中偶爾會有被認出的情形，也只是微笑著簽名合照，並沒有跟那些人有太多交集。

因為，祐希不得不在意起在雪夢的平臺或社群上出現的評價。

下次雪夢要實況哪款遊戲呢？希望是有性感女角的！

挑個有泳裝或兔女郎的遊戲好嗎～

這次的實況讓人好想%%%%%%%%！

如果妳下次扮演那個角色，我就斗個一百鎂！

類似這樣占據了極大篇幅的同類留言，讓盯著螢幕的祐希心為此揪緊、感到迷茫。不知不覺間，越來越少人想跟她聊遊戲了。

她最初只是想分享遊戲，或者跟人一起玩罷了。但現在就算跟騎士團的人一起實況，都能從他們的言語中察覺到某種不同的想法。

動漫社的合作伙伴出於擔心，也建議她慢慢去調整方向。

但雪夢並不明白，從一開始只是將角色扮演當作一個賣點，明明一再表達主軸是遊戲實況了。

她這才意識到這就是網路。這裡沒有真實，只有被塑造的虛擬。

諷刺的是，如今的形象正是身為雪夢的她打造出來的，不管是無意還是有意。

她還在煩惱於怎麼扭轉自己創造出的形象，事態偏偏迎來了更重大的變化。

某天夜裡，她收到了一封電子信。那是一封合作信，來自某個人氣不錯的水管頻道。

祐希想不透對方找上門的原因，總之先與他們聯繫看看。

這個水管頻道是一個多人工作室在經營，製作許多類型的影片，從電玩實況到日常生活題材，靠著成員的魅力衝到數十萬訂閱。

「很早就注意到雪夢的崛起囉，而且妳很敢展現自己，跟一般的女性實況主不一樣。」

回應祐希的是一位叫阿K的男孩，似乎是這個工作室的領導人。

「如何？妳在水管的訂閱人數還不多吧？如果加入我們一起合拍影片的話，可以成長得更快，大家一起奮鬥吧。」

由於困擾著雪夢形象的問題，當下祐希將自己的顧慮稍微修飾一下，告知給阿K。

「跟你們合拍影片時沒辦法角色扮演喔，那是請認識的朋友幫忙的，而且我想在水管上嘗試不同的內容，至少不是『現在的雪夢』。」

對面沒有馬上回應，祐希想說就此算了吧。

但在幾日的猶豫後，最終他們還是答應了。

「當然——妳只要表演出最真實的自己就行了，『那位雪夢』就已經很受大家喜愛了！」

祐希試著瀏覽了他們的影片，很多影片都有點胡搞瞎搞，她還覺得有點——智障？有一些是無謂的花費或吃喝玩樂，對方似乎不是很正經的人。

但也有一些影片看起來是有認真構思過劇情和創意的，能感受到其中的熱情。

祐希想著，加入他們應該很好玩吧？也能藉這個合作沉澱心情、思考下一步，她默默做好決定。

有些草率地答應阿K的邀請後，祐希便加入了工作室平常聊天溝通用的LINE群。

這個人氣不低的水管頻道有四位固定班底。

幾乎都會在影片中露臉的是阿K和他的女朋友棉花，還有幫忙企劃、後製與拍攝的毛球（男）和渺渺（女），有時後面兩位也會入鏡。

特別的是，雖然現在是一起經營的頻道，但阿K和他的女朋友在交往前就都有不小的粉絲群，也就是所謂人氣水管主。

能被他們注意到應該是個千載難逢的機會，也許未來真能以水管主這種新興職業維生。

想到這裡，祐希心情反變得黯淡了。她不清楚嚴格的母親有沒有注意到她在玩實況和拍影片？還常常扮演那些暴露的遊戲角色？如果被發現會如何呢……

只要好好講的話母親也能認同吧，她只能樂觀地想著。

跟雪夢合拍的第一個影片當然跟她有關，在一些自我介紹以外就是要一起玩遊戲了，不過正如本人要求的，她不希望有暴露的角色扮演。

雖然他們最初確實是想讓祐希角色扮演的，在討論中也有人再次提出，不過這個要求最終還是被她努力否決了，決議就是正常的玩鬧。

感覺他們還算好溝通，對於人際關係多少有些陰影的祐希本來還有些擔心。不過實際在為了拍影片而租下的工作室見面時，祐希也對四人有了親切的第一印象，他們熱心指導她很多製作影片的小技巧。

錄製水管影片跟遊戲實況又是不同概念，雖然祐希緊張到表情大概有些僵硬吧，但也很開心。

不過，正如她沒辦法預測當初第一次COS實況竟然會爆紅——合拍後首發的影片人氣也不如預期。

至少祐希看得出來，阿K的對話內容似乎有些擔憂，畢竟是人氣頻道，還是得注意網友的點閱數和回應吧。

「雪夢，下次要不要來嘗試妳擅長的角色扮演？」

正因為團隊還是有些聲音，在決定第二次合作影片內容前，果然有人對此發聲了，還在祐希睡前親自打了電話過來。

詢問的是阿K的女朋友、團體另一位人氣水管主棉花，就祐希見過本人的印象，是一位嬌小可愛的女生，沒想到年紀還比自己大了一點。

「我……」

祐希的聲音有點猶豫，但不愧是人氣水管主嗎？棉花猜到了她的心聲，明明個頭不大，給予的評價意外犀利。

「妳對於暴露的打扮有些排斥吧～其實我們都看得出來，畢竟妳在那些服裝下裝得太過自信了喔。」

之後棉花故意沉默了數秒，讓祐希的心情更悶。

「不過這就是網紅喔。」

祐希語塞了，吞了口口水才反問。

「這就是網紅……」

「嗯——想要紅必定是有代價的，敢說敢演只是基本、運氣也很重要，我當年也不知道是怎麼紅起來的呢，一開始只是玩玩貓做做菜喔。

「當然，大家都各有特色或擅長的領域，妳也有不是嗎？為什麼想要隱藏起來呢？

「我們可以選擇正常點的角色扮演喔！不然普通的貓耳女僕也很可愛呀！畢竟雪夢身材這麼好，大家也能陪妳玩 COS 呀～

「不過——既然想要繼續在這行混下去，希望妳也能找到自己的生存之道。如果不想紅，妳當初根本不會想做這些辛苦的準備不是？」

掛斷電話後，祐希縮在床角落思索。

做為水管主前輩的棉花，也只是基於「好意」地提出自己的見解。

但，這真的是正確的嗎？還是說——這是我的初衷嗎？

到底是從哪邊產生問題的呢？祐希也不能明白了。現下有個感覺卻是真實的，而且越來越清晰。

她還是想要被需要，被人認為她是重要的。

不要像爸爸媽媽或者國高中那群暗中說壞話的同學們，是真正被需要著。

第二部合作影片是劇情短片，大概是在描述女僕咖啡廳的慌亂日常。

照著他們的想法，祐希扮演了傲嬌貓耳女僕，也如棉花所言，連男性的阿

K和毛球都下海去扮演女僕，有夠亂來。

或許是影片實在太過胡鬧又有趣了，這次影片獲得了巨大的人氣，甚至比得上他們之前拍過的影片。

自這次成功經驗後，她終於融入了這團體裡，之後發揮著雪夢這位網紅的設定，常常進行角色扮演。

這幾次角色扮演的尺度都有所收斂，還在她能接受的範圍，祐希有感覺到自己是被尊重的，雖然還是感覺阿K是有點幼稚的人。

偶爾她還是會回去遊戲實況，簡而言之、那應該是一段更為快樂的日子。

錢不一定是重點，重點是一起努力奮鬥的感覺，對於祐希來說是難得的青春體驗。

對，一切本該如此美好。

描述到此，面對著我的學姐只是瞇著雙眼。

不知不覺間已經不是小孩子，而是原本大人的樣貌，似乎也象徵著她回到了現實。

包括這之後要道出的，真正嚴重的內幕。

「如果他們不胡鬧過頭，瞞著喝醉的我故意拍那段『小三實況』的話，一切還是如此美好。」

對於學姐所言我只是嘆了口氣，將自己所查到的資料說出來。

「我不確定前因後果，只知道網路上一個說法是一次拍完影片，你們去吃了慶功宴。結果喝醉的學姐被那位阿K先生攙扶回工作室，衣衫不整躺在床上的妳被他——實況了。」

或許，他是抱持著「這想法很有趣」才去實況的吧，而且就是已經變成夠熟的朋友，才敢這樣惡作劇吧。

擷取下來的實況影片現在還找得到，就是拍攝學姐躺在床上香甜的睡臉，隱約能看到衣領敞開下的鎖骨、睡姿也不太優雅。

看來是有那麼點情色意味的，又配上了阿K帶著笑容的誘導發言。

諸如「現在只有我們獨處喔，其他人都回家了」、「不能告訴棉花呀觀眾們！」、「比起普通的襯衫，大家更想看兔女郎裝吧？我看過幾次喔～」……

其實有去看他們的一些影片就知道，這不過就是他們一貫炒人氣的手法。

團體人氣有了，觀眾一定都對他們私生活有興趣，只要鬧起來有人關注就行了，網路的風向很好操弄的。

「這就是影片呈現出的智障內容，也是大家選擇相信的版本。」

冷冷道出的祐希學姐瞇起眼睛，雪靜靜飄著。

但這個眾人相信的版本，卻讓學姐陷入萬劫不復的深淵。因為——

「這是雪夢這位網紅所塑造的形象，不該被跨過的界線。」

畢竟她在遊戲實況時期，已經累積了某些負面聲音，就算不是自己刻意操作的。

如果其他人姑且還能認為是玩笑，畢竟阿K本身的形象也是愛玩愛鬧的八七類型。

但偏偏是雪夢，是那位愛玩暴露的角色扮演、謠傳著跟她的騎士團們有很多腿的雪夢。

於是，不只是棉花和阿K的粉絲，大量無法想像的惡毒留言，開始灌爆她的臉書和水管影片。

一言以蔽之，鄉民認為這是正義。

既然是正義，被誤會為是「真小三」的雪夢就無法置喙，只能接受那些粉絲們莫名其妙的批評。

在外人來看確實也很怪吧？好好的工作室為什麼要找雪夢加入呢？殊不知最初就真的沒什麼黑暗的原因，反正群眾的本質就只是想要湊熱鬧。

沉浸於白雪的世界中，她哀傷笑了。

「小三影片事件爆發後，不知道是怎麼人肉搜尋出來的，我還在路上被人當面罵過呢，罵什麼我介入阿Ｋ和棉花的感情。

「是跟阿Ｋ好上才能加入那水管小團體的吧，如此的發言也有呢，網路與現實也不過一線之隔。

「真是所謂婊子還想立貞節牌坊吧？我活該吧？」

於是，只是希望人氣能變得更紅的好意，最終仍然變成了惡意。

但，並不是活該吧。真正讓祐希學姐憂鬱成病的——或許是當事人對此意外事件的回應。

或許是思索著湧現的回憶，學姐依舊站在原地。

她似乎依舊對我這「同類」有所期待，想等待我的支持而沉默不語。

但我並沒有給予學姐渴望的答案，只是想給她一段冷靜的時間。

聽起來更加寒冷的風雪聲持續了一陣子，在那什麼也沒有的夢境世界中，才又傳來她的低語。

「在那疑似劈腿的實況公布之後……為了說明這件事，我有發文澄清。」

「嗯，我知道。」

當事人為自己的行為辯解，這是很正常的後續動作。只不過——在臺下看戲吃爆米花的觀眾們會不會認同又是另一回事。

一旦公眾人物的形象建立了，就得背負著被其摧毀的風險。

我不知道祐希學姐算不算很紅，但在她藉著網友們一砲而紅的同時，就必須承擔著更多無聊的眼光與檢視。

日本的偶像文化不也是如此？偶像必須「看起來」是沒有和人交往過的處女，當背叛了受眾的期待，必然會接受到強烈的批評與責罵。

學姐的狀況卻是有點相反的，因為雪夢那賣肉奶臺的形象首先被確立了，人們便忽視了她準備每次實況的努力。

我也看過一些論點，很多人都不認同她能跟那幾位水管主一起拍影片吧，從那時就種下了不滿的原因。

一個成天不管旁人觀感，到處抽菸的人突然跟你說他今天不抽菸了，很多人也不會相信吧。

所以實際上去查一下就能發現，就算學姐發文澄清了——卻沒有多少人願意去認同。

輿論就是如此有趣，也如此悲哀。

所有人都認為她錯了，卻不代表她真的是錯的。

常常有人說，正因為消息都是媒體或者某些人所塑造，只要多去探查和收集，就能掌握事件的真貌。

但——就算所有的片面訊息都掌握了，我們就真的能理解所謂的真相嗎？

其中有一點，是我確實感到疑惑，而沒辦法從任何情報看出來的。

「這事情當時甚至還上過新聞，然而——只有妳發出聲明。」

「……」

她的面容有一瞬間的糾結，混雜著悲傷與憤怒的情緒。其實不問我也猜得出來，但最終祐希還是說出了真相。

「因為，那些人認為沒必要。」

「沒必要啊。」我忍不住笑了，並不意外的理由。

「我想只要當事人都能出來幫我澄清就好了，去詢問了棉花，她卻認為這只是玩笑，大家遲早會忘記的。」

「但她的粉絲罵得好開心呢。」

如果不想紅，妳當初根本不會想做這些辛苦的準備不是？

這句，好像是那位叫棉花啥的水管主說過的話吧？應該就是我們在啥咪嚕咪特展看到的那位女孩子吧。

「心死的我抱著最後的希望，希望搞出這風波的阿K也能發文告訴大家，結果——」

她闔起雙眼，夢中又閉上眼睛是什麼感覺呢？會不會更加接近虛無？

「我不會忘記他當時的嘴臉，他只笑著說一句——『我們是想幫助雪夢更紅喔，反正網路上的大家罵一罵就忘了，以後如果扭轉過來就會更紅了，妳看有多少網紅是藉著負面形象爆紅的？』」

露骨的惡意是會讓人受到傷害，更在看不見的地方留下傷痕、影響一生。

但在那之上的——或許是包裹在惡意外頭，一切聲稱都是幫助你的「好意」。

傷口並不會因此消失。於是，名為雪夢的虛擬人物，徹底消失在網路中了。

「最終，我發文退出了這個圈子，想過平常的日子，但是——這還不夠。

「就算想回到過去的生活，卻感覺周遭的視線都帶著敵意，而且連我以為最親近的人，她的反應也是……」

或許，我能懂那種感覺。

「……是妳的母親？」

她掩住面容，淚水又一滴一滴落下。

「在事件發生後我不想回家，但還是有不得不回去的狀況……我以為媽媽會原諒我鼓勵我、結果……」

看妳在外面亂搞，親戚都在問了呀，妳做這些事丟不丟臉？

有好好的書不念還穿成那樣，還以爲妳是電子花車的鋼管女郎。

自己愛玩就算了，也不想想媽媽當初多辛苦養育妳。

那是站在自認為關心的家長角度，所看見的女兒吧。

「什麼難聽的話都說過了，我才知道——她也不曾去了解我。」

祐希學姐的一生，最終被所有人所否定了。

在沉重的話題結束後，雪也漸漸變小了。

「我沒有要出國。」

「……嗯。」

被言語劃得全身是傷，最後選擇捨棄未來的學姐朝我緩緩逼近。

「學弟——你身上又發生了什麼呢？能告訴我嗎？」她伸出雙手，捧起我的臉頰。「我能感覺到——你跟我是同一種人。」

帶著異樣的笑容，她像個孩子般繼續問著。

「吶，告訴我吧？讓我們在這雪國中永遠住下去……」

如果在這接受她那喪失一切生存意志而冰冷的吻別……

我只是閉起雙眼，思索著過去發生的種種。

結果也只有一片黑暗，還不壞。

我跟祐希學姐，確實有著類似的遭遇。只不過——我們終究有著很大的差別，不管是問題的本質、還是人生的經歷什麼的。

所以，我只能做出這個舉動。

帶著冷漠的表情，我輕輕推開了學姐，跟她徹底劃分了界線。

「是嗎。」

學姐露出了然的哀傷笑容，讓人不敢直視。身為接觸到所有真相的第三者，我最終還是背叛了她。

只因為——

「……唉。」話語哽在喉頭，關鍵時刻失去勇氣的我說不出來。

我也迷失了，站在這個立場的我能不能講出那些話？

結果，我錯過了最佳時機。似乎明白了什麼的學姐轉身，走向那實際上只有虛無的夢境世界深處。

我朝遠去的學姐伸出手，想要留住她。風雪卻突然加大，宛如受害者那歷經波瀾而千瘡百孔的靈魂，帶著意念阻隔在我們之間。

直至吞噬我的意識。

「七堵站到了——」

當我因為廣播的聲音而睜開眼睛時，身旁早已沒有熟悉的身影。

A子不會預言自己死亡

車廂內的乘客已經沒剩多少，窗外陌生的車站被迷濛的夏夜覆蓋。

「竟然睡到最後一站了……」

我無奈地嘆了口氣，不知道這是不是學姐的影響。但比起這點，有一個事實卻更讓我感到無力。

照我今天的行為來看，我搞不好也是幫凶。不只沒有成功勸說學姐放棄尋死，還可能加重了她自殺的決心。

「我果然是個人渣呀，嗯。」

抱著遺憾的心情走出了自強號，我卻不得不思考起一個更現實的問題。

——還有車回臺北嗎？

打開手機，總之還是確認一下時間。沒想到，有封意料之外的LINE訊息。

除了咖啡店老闆之類的工作交流對象，像我這種邊緣人本來不會收到任何人的通知才對，大概又是什麼色情廣告。

不過，最近倒是意外跟女高中生交換了好友。

第五章
小丑的自白

Miss A Would Not Foretell
Her Own Death

彷彿嘲弄著我的沒用。這一天夜晚，我再次回到了那熟悉的房間。

永遠不會落幕的夕陽，發臭而腐朽的那空間。

仔細想想夢似乎都是如此，根本見不到任何未來的可能性。

男子仍然被綑綁在鐵椅上，狼狽落魄至極、沒有當年的囂張。

而那位男童一樣站到了他面前，雙手插在口袋裡，貌似又露出了笑容。

一切都沒有改變，正如現在的我。

你眞沒用呀。

我多希望「他」說出那句話，然而卻是不可能的。我沒辦法回想起他的樣貌，或者說他採取那行為的心思。

為什麼呢——

為什麼，你那時會露出那樣的表情呢？

我一直很想明白啊。

如果這不是一場夢，而能夠回溯到當時，我想問清楚，然後不留遺憾地——選擇去死。

或許，總比現在拯救不了任何人還要好。

「你真的這麼認為嗎？」

……唉？

在抱持著沮喪心情的「我」面前，「他」開口了。因為是我的夢，我想「他」只是投射自己想法的幻影。

即便如此，我還是忍不住問了出來。

「我想不到，我能活下去的理由。」

這是理所當然的疑問，果然，「他」沉默不語。

畢竟是我內心的投射，既然我是如此困惑，「他」就不可能給予——

「因為是你，只因為是你，你必須活下去。」

「他」脫稿演出了。

我可不會做這種近乎自我安慰的愚蠢行為，但是……

「這是什麼意思？」

客觀來說，我對人類這個群體毫無貢獻。

雖然以我的個性要說出這點很奇怪，但毫無疑問——我是這社會不需要的蛀蟲。用蛀蟲來說還太過客氣了，說到底就是渣滓。

我想不通，為何是我活下來。

「他」沒有回答我。

果然只是——

「終有一天你會明白的喔。」「他」這麼說道。「為何是你活下去的原因。」

氣。

明明沒有道理，也沒有解釋這背後的偏執，卻帶著溫柔到讓人想哭的語

在對著鏡子刷牙的同時，我思索著夢境中最後那句話，也莫名地佩服起自

夜晚過了，此刻是週日下午。

己。

「明明狀況這麼糟糕，我還能睡到下午呀……」

手機的時間顯示著三點，還能開始想晚餐要吃什麼了呀，真不錯。

雖然做了那場惡夢，起床後的精神卻很好。

反正沒有任何辦法，不如就睡飽點——倒也不是這麼樂觀的思維，有一部

分也是因為我昨晚熬夜打電動轉移注意力，一不小心就沒注意到時間。

大學的課自然是翹掉了，反正不用指望在那邊能遇到學姐，就算見到也毫

無幫助。

後天她就要搬到那空虛的雪國中了。

「簡直莫名其妙，妳要死就趕快死吧……」將口中含住的水吐出，我對

著鏡中那黑眼圈的自己大肆抱怨。選擇說出無情的話語，卻無法排解內心的憂

鬱。

話說回來，為什麼要這麼在意一位陌生學姐的死活？

連我自己都不明白，說難聽一點，最初就是覺得學姐身材很棒很想上，才想幫助她不是嗎？

走出浴室打開電腦，看著上面未關的《Fairytale》，昨天又破了一次。

媽的，就算我很喜歡這款遊戲，我也沒有勇氣像她那樣拍實況宣傳呀，真是個蠢蛋。

「無論如何，我都沒辦法像妳那樣充滿決心……」連半吊子都稱不上，我在出發點就放棄了掙扎。

光是抱怨也無濟於事，拿起書桌邊的錢包與車鑰匙，至少先吃個早早的晚餐再來繼續想辦法吧。

結果一推開門，一位意外的訪客早就在外頭等候。

「……妳在這等了多久？」

黑長直少女就縮在正對我的牆壁邊讀著磚頭書，一聽到我的疑問便抬起頭。

由於我租的套房是在沒有管理的公寓裡，誰都能輕易到我這樓層。

看著她身上短袖的淡粉襯衫與白短裙，跟見慣的制服實在很不同，而且跟漆黑的瞳孔成為強烈的對比。

另外，她那額邊的髮絲別著一個髮夾，還穿著可愛的涼鞋，沒有套黑長襪，甚至會冒出：「原來妳也會這樣正常打扮？好可愛呀！」的想法。

假日不用上學做這種打扮似乎很正常，只是沒想到A子會過來找我，我有告訴她我租屋處的地址嗎？被我騎車載過來一次後，竟然就記住路線了嗎？方向感真好啊。

而且這傢伙不知道在這裡翻書翻多久了，一如往常，她的行動力真是驚人。

「所以，妳是想親自看我過得好不好？」

將放在彎曲雙腿上的磚頭書闔起，她微微歪頭。

「失敗了？」

A子沒有任何情緒，彷彿早就預料到我不會成功。

我應該沒告訴A子我週六下午採取了什麼行動才對，不過或許很合理就能猜到，我一定會想辦法去拯救學姐。

「妳對我期望太高了。」

所以，我只能無奈地告訴她真相，一次又一次。

「嗯。」聽不出是肯定還是否定，總之A子抱著書先站了起來。

我忍不住瞥向書本封面的位置——偏偏是英文書名，沒有讀得很懂。

「我有找到機會進入學姐的夢中，還試圖營造出我是她同伴的錯覺，但她不願醒過來。」

「嗯。」

「她啊，已經拒絕去相信任何人了，最後我還否定了她的願望。」

「嗯。」

「我救不了任何人。」

「……」這句A子卻沒有應聲。

有一句沒一句的對話持續沒多久，我轉起鑰匙環。

「所以，雖然不知道什麼時候學姐會赴死，但我沒輒了。」

只有這句，讓她有了點興趣。

「所以？」

雖然A子的語氣冷漠，但感覺就是質疑我在推託，我嘆了口氣，選擇以嘲諷的語氣反問：「嗯，不然妳說該怎麼辦？」

不是想怪罪A子，但確實是她開啟了一切的故事。讓人一次一次抓住名為希望的繩索，最後又墮落回深淵。

而A子對我的企圖——或者說期望，至始至終都在一片迷霧中。

所以，我不得不問出這個放在心中太久的疑問。

「妳為什麼——會如此信任我？」

這時候問這一點用都沒有，但我確實想得到答案。不過，A子似乎猜到我會問了。

或者說，她搞不好就是為此在這等候。

「有個地方，我想要去。」

或許是一位女高中生不容易獨自到達的地點。簡單說，我又要當一回工具人了。

照著A子給的地址餵手機上的google地圖，跑出一個神奇的地點。

地址位在山中、一片綠油油的，離我們居住的大城市有不小的距離，大概連公車都不能到達，難怪要找上我。

但實際位置不完全是在群山裡，花費幾個小時外加飆車騎到時，太陽都已經快隱沒在遠方了。

但在昏黃的夕陽下，是一片還算賞心悅目的景色。

我們背後是產業道路與山林，前方卻是一片斷崖，以及在斷崖下的、正對我們敞開的無敵海景。

夾在山海中間的目的地，是一棟純白的別墅，看得出來非常非常高級。

仔細一想，跟A子身上的襯衫和裙子顏色挺搭配的，一種要來休閒的氛圍。

「……這不算違建？」我還是諷刺地問道。

「嗯。」

竟然沒有否定？而且還看到A子拿出磁卡刷了房門口的感應器，她家是什麼來頭……

能搞到違建地亂蓋也不簡單吧，不過A子就是A子，還是沒對此談論太多。

我們進入了別墅，但裡面出乎意料的——空蕩一片，什麼家具都沒有。沒有電視沒有沙發沒有椅子，只有四面的白牆與白亮的地板，感覺不到半點生活過的氣息。

進入屋內後，A子仍然不發一語，繼續往深處走。我們走到了別墅的二樓，拉開陽臺的紗窗。

陽臺就蓋在懸崖邊，趴在欄杆上就能享受眼前的海景與沁涼的微風，我突然想起了之前一起看過的高雄港景色。

這裡有唯一一樣特別的存在，在這間屋子中可說異樣的存在。是幾盆向日葵。

A子不會預言自己死亡

夏日中盛開的向日葵，剛好對著在海面上將要落下的太陽。再普通不過的景色，卻在這空間中顯得不可思議。

「為什麼只有這裡有種向日葵？」

「我請附近的農戶幫忙，有空來照顧花朵。」她輕聲回應。

「這也太有心了？不過妳這麼做的用意是……」與其說是浪漫，更多的是無法理解。

但她只是趴在欄杆上，看似不想理會我。

不知怎地，我覺得沐浴在夕陽中的她，側臉有更多一些感情了。彷彿對應著內心的變化，A子突然道出一段回憶。

「我在年幼時便能看見死亡，第二個預言到會不正常死亡的人——**是我的母親。**」

因為她道出的話太過驚人，我一時說出不出話。

即便落日的餘暉並不刺眼，A子還是微瞇起雙眼。

「當時還不懂的我選擇告知父親這個事實，他雖然不太相信，還是用了很多方法保護我母親，讓她住在這棟房子裡，還找部下保護她。

「只要遠離日常的危險就能安穩度過，他是這麼想的。

「然而。」稍作停頓，A子似乎思索著該怎麼說下去。

需要她整理思緒才能繼續道出的內容是——

「我母親終究死了。」她彎起的胳膊微微向內收緊。「**她選擇了自殺，從陽臺上摔落。**」

接連而來的殘酷真相讓人難以想像，我只能瞪大眼睛，不知該如何回應。即便A子刻意輕描淡寫，卻沒能改變她身處在多異常的環境中，這個清晰的事實。

先不說她父親為何會相信小孩子的童言童語，並花費了極大的心思保護妻子……最弔詭的，是在重重保護下仍然成功自殺的母親。是怎樣強烈的執念，會讓對方付出行動了結自己的性命？我至今都不能明白。

但直覺感受到，跟學姐失去動力而逃避不同，驅動A子母親的念頭是憎恨。

無底的憎恨，而在這種環境下成長的孩子，註定無法走上正常人的道路，或者說——她的親人也沒有這種期待吧。

我也跟著趴在A子旁邊，學著她的冷靜問道：「……在那不幸的事件之後，你的父親？」

「變本加厲。」

她只是平淡帶過，那四個字卻讓我膽顫心驚。

A子不願再說更多，但她經歷過的，就是如此荒謬的過去。

而且她向我透露的也只是冰山一角吧。即使對事情的真貌一點都不了解，明明是夏日的傍晚，我還是打了冷顫。

不過，我不覺得她只是想讓我感到同情或者憐憫，才故意講出自身的遭遇。

A子終於轉過身面對我。在少女的後方是廣闊的海面，或許能夠吞掉所有人類無聊的情緒吧。

這讓我一再想起，那晚她試圖跳樓的背影。

宛如呢喃，A子冷淡地道出更加悲哀的事實。

「我看見無數命運的軌跡——但我不是預言者，也不是旁觀者。」

夕陽，可謂末日的色彩渲染她全身，猶如預知特洛伊城的滅亡，卻無法改變一切的卡珊德拉。

但她不是卡珊德拉，這是她親口說出的。

我不是預言者，也不是旁觀者。

A子那帶著覺悟的表情很難和悲壯的形象連結，所以我的腦袋也更加混亂。

無論如何，A子才剛剛道出自己的部分過去，被這情緒渲染的我放下了面具，試著露出溫柔的笑容。

「我不知道妳遭遇了什麼痛苦，但請妳記住——妳的一言一行毫無疑問拯救了我。」

難得地，A子似乎微微睜大了眼睛，表現出吃驚的情緒。

不管我們是否成為了怪物，只要混著原本的成分，就還是有著情感的人類。

我的那句話不知有沒有起一點安慰的作用，但她本來緊繃的肩膀似乎稍微放鬆了一點。

可聽著那悲哀的過去，我卻注意到她的語句中藏著一個祕密。若是放棄這次機會，她會更加不願意說出口吧。

為此，我按住了A子的肩膀，以嚴肅的眼神注視她。

「只不過，希望妳告訴我，如果妳願意信任我……」即便我心中已有答案，我還是想得到她親口的證實。「**妳漏掉了第一位，妳第一位預見死亡的是誰？**」

迎面而來的風突然變強了，我因為沙塵而用力眨了眨眼——

A子的身軀突然強烈地左右曲折，猶如電視螢幕上扭曲的異常畫面，布滿的雜訊也傳來了沙沙聲響。

A子不會預言自己死亡

但那似乎只是幻覺，少女在剎那間就變回原本的身形。她輕輕甩開我的手，走到陽臺邊緣對著我張開雙臂。

「你覺得——我從這邊跳下去，還能不能存活？」少女的嘴角微微勾起，道出似曾相識的詢問。

腦海裡閃過一幕幕A子夢境中的電視畫面，最初我看見的、那位倒在血泊中的黑髮少女。

如果不願說出來——就由我代替她講出來吧。

「死亡預言的第一個對象就是妳自己吧，A子。」

或許是對他人會講出事實這點做好心理準備很久了，A子只是點點頭，看起來不像死亡即將降臨自身的人。

「大概十八歲的生日那天，我會死。」

我出言諷刺：「成年又挑在生日，死神真愛玩弄妳呀。」

在青春最燦爛的時刻，她就得結束人生了，真是無聊的玩笑。

「還剩下多久？」

「我現在高一。」

她並沒有正面答覆，一般說來最快高三、最慢大一就會滿十八歲了，似乎還有兩年的時光？

不過說到底都是短暫的時間，很難想像在如此龐大的精神壓力下，A子到底是怎麼在過一般的日子。

是還在掙扎？還是放棄一切等待死亡降臨？

沉著臉，我輕聲說道：「看來——是前者吧。」

親眼所見的A子，雖然給人難以接近的神祕印象。但從她身上絕對感受不到任何想死的念頭。

她只是想要活下去，想跨過母親和眾多人堆起的「死亡」，讓自己活下去。

「我最多只能欺騙自己，妳卻連死神都想騙過。」

她收回雙手在胸前交疊，那動作彷彿在祈禱，並以那深邃美麗的雙瞳凝望著我。

「我在你身上看到了——改變的可能性。」娓娓道來的A子雖然依舊面無表情，語氣跟方才相比卻柔和了很多。「到咖啡店是某種必然，在那裡遇見你也是。但在遇見你之後，我的命運軌跡變動了。有關我的未來畫面出現了變動。」

A子平淡地訴說著，我卻注意到反常之處。

「等等，妳說妳的未來畫面出現變動？是死亡之前的？所以妳不只是看見死亡……」

A子不會預言自己死亡

現場的氣氛變得有些凝重，A子眨了眨眼。

「難道你家電視是靜態畫面？」

竟然被嗆了！這孩子嘴巴也很毒呀！但無口妹妹確實沒說過她的能力只是預言死亡。

我思考了片刻，得出驚人的答案。

「所以，妳不只是死亡預言，妳甚至能看到過去與未來……」

雖然驚愕，沒多久我就立刻明白了──如果她只能看到死亡，根本沒有接觸我的理由，也難怪會用命運的軌跡來形容。

拯救人類並不是主因，A子也在我面前漠視了流浪狗的死亡。所以就如同她方才說過的，她是看到了改變的可能性。

至於改變什麼──恐怕是她自己的命運吧。

以奇妙的眼神注視我，A子默默等待我整理完思緒後，才繼續說下去。

「我能看見命運的軌跡。所以，我一直在尋找任何能改變命運的機會，即便我是不該獲得救贖的怪物。」

與被賦予重生機會卻不太珍惜現狀的我不同，最終A子幾乎是以肯定的語氣將之說出口。

「是你改變了預言的可能性。」

在我聽來也像是女高中生的告白喔？但我開心不起來，就算被她如此寄予厚望，我的內心只有苦澀。

「我可是最不可能為妳帶來希望的人喔，妳肯定是知道的。」

「嗯。」

「我的人生自那一日就已經終結了，在妳面前的人誰都不是。」

「嗯。」

對於我兩次的否定，她給我連續的肯定。她既然都了解，也明明都很清楚——

「妳什麼都懂的話，就一定是理解錯了。」握緊雙拳，我壓抑住那想將一切吼出來的衝動。「不可能做到得啊，我連他都沒能拯救……」

內心燃燒著大火，我低聲質問她。

為什麼學姐和妳——都要對我這人渣賦予這麼高的期待？

但A子面對我的質疑，只是輕輕回應一句。

「但他不會責怪你。」

不是你沒有錯或他罪不該致死。這句話就這樣輕易化解了我的怒氣。

我只能無奈地笑了，未來恐怕永遠都吵不贏A子，她到底看到了多少？

恐怕她早預料到能成功鼓勵我，而我的反應從頭到尾都被A子掌握著。

「只憑那臺破電視就能看到這麼多？我是覺得很奇怪啦……可我確實很不甘心，不甘心學姐的事情就這樣落幕。」

那就跟過去一樣毫無改變，我只能一次又一次見證他們的死亡。

對於苦惱的我，A子突然又靠過來並抓住我的手，她的體溫跟氣溫相比還是相當冰涼。

「我能幫一些忙，但能改變預言的答案還是在你心中。」

趕快給我證明看看吧、你能改變命運。彷彿聽到A子興致勃勃地補充這句，雖然現實的她仍舊面無表情地盯著我。

我大大嘆了口氣。

要說的話，我其實還有一個想法。但我能做的只是用更多的謊言去掩飾真實，雖然我發自內心地認為這世界不需要真相。

重新戴上了面具，我露出無賴的笑容。

「我有一個點子，但不管這次說服成不成功，我最後都會疏離學姐。」

說謊對我來講比喝白開水還容易，但這不代表我就喜歡以謊言建立起的關係。

所以無論如何，在這次事件結束後，我會漸漸減少跟學姐的互動。那缺少的部分要由誰填滿呢？

「A子，如果事情順利解決的話——妳來當我女朋友吧。」

我好像是第一次跟A子索求回報，視實際執行難度，當然更過分的要求也可能發生。

我想藉此欺負一下這孩子，看她會不會退縮，也想在對話中重獲上風。

「好啊。」她的回應卻跟以往截然不同，帶著一點俏皮的語氣。

而且，倚靠著欄杆、穿著一身粉襯衫白短裙的A子，在夕陽的餘暉下嘴角微微勾起，以理所當然的語氣補充。

「怪物只能跟怪物交往。」

她開心地笑了，這一幕美得讓人屏息。

那已經不是末日的光芒了，竟然讓我真正期待起未來。

不管如何，還是有人不覺得活下去是好事。

當她——徐祐希再度睜開眼睛時，眼前的景象並沒有任何改變，又是讓人厭惡的純白天花板。

「已經週一了……」

呢喃著。

昏昏沉沉的腦袋努力運轉，依稀記憶起這個重要事實。

此刻的她沒有在遙遠的異國，理所當然地沒有出國。

原本是想藉著這次長假，把自己跟這個世界隔離，反正學校沒去也沒人在意，就算失蹤了母親也不會想要聯絡她。

這麼做的只有一個目的：把雪國的基礎給打好。

她的目標是再把小鎮做得完美一點，做好一切準備後——就打算告別這個世界了。

但似乎受到那位學弟的影響，夢中那美好的桃花源改變了。

雪國的景色，已經沒有往常美麗。

不管怎麼想像，本來朝向完整邁進的世界總是會缺了一角，甚至開始崩毀。

厚重的積雪壓垮了屋頂卻無法修復、小鎮裡有些區域的燈飾也永遠熄滅了、創造出的新居民缺了眼睛缺了手缺了腳……

結果，剛剛的夢連雪都無法降下。

根本變成一場惡夢了。

沒有浪漫的北歐小鎮、沒有和善的動物居民，這全都是妳的幻想。

躲在這裡面只會一事無成，不如這樣問吧——學姐真的做得出極光嗎？

耳邊還迴盪著學弟的責備，那幾句質問就像高濃度的酸液，正在侵蝕她的夢境。

明明想否定，但內心卻早就承認了。

一直以來都是這樣的，她沒辦法堅定自己的意志，所以只能被這個社會的濁流捲入、在其中載浮載沉。

沒辦法徹底去憎恨學弟，就算是那些水管主網友或母親都好。

會造成如今進退不得的困境，只不過是她自找的。

所以，本來想找個不造成太多人困擾的方式，悄悄離開這個無聊的世界。

一想到此，祐希那本就憔悴的臉龐只是變得更加絕望，肚子空虛得什麼都容納不下，反而有股只剩作嘔的難受感。

她在床的角落縮起身子，視線投向了桌邊。

桌上除了這幾天勉強果腹用的餅乾，就是那散落整張桌子，甚至掉到地上的藥丸。

全都是安眠藥。

會亂成這樣是她的遷怒，就算藉由藥物的幫助入眠了，卻也沒辦法做一場正常的夢。

囤積的安眠藥來自之前那段被網友與水管主霸凌的時期，被母親逼著去看診留下的。事實上，她至今都還有去醫院看診。

但是，那．時．候．她．便．偷．偷．拒．絕．服．藥．了。

雖沒有對醫生特別闡述自己的狀況，但醫生根據她的心理，判定了她會有睡眠困難的症狀，事實卻剛好相反。

因為眷戀著雪國的夢，她能夠很輕鬆地入眠。

即便她恐懼著明天。

由於互相猜忌著，所以祐希沒辦法信任醫生，始終都沒辦法。

維持著看診的習慣不過是心理上尋求的「自我安慰」，或者說至少能堵住母親的嘴。

不過現在不同了，她想要去依靠藥物。

祐希也不清楚正確的用藥量如何，一次幾顆幾顆地吞，接著在床上輾轉沉睡，從週六回來後就循環著這樣痛苦空虛的流程。

或許早已超過規定的用量了，但每次張開眼，她只會更厭惡仍在這裡的自己。

可是還不夠，遠遠不夠。

一定是睡得不夠久，如果給予足夠的時間，她就能好好把雪國建設完成了。

那會是一個靜靜下著雪、有很多友善朋友而寧靜祥和的國度。

而且只要在夢中的時間拉得夠長，想必連極光都能創造出來了吧。

雖然學弟拒絕了，她真想看到對方吃驚的模樣，那或許是無聊的人生中為數不多的樂趣。

所以——

一口氣增加用量吧，兩倍三倍都不夠了……

乾脆把累積起來的藥量全吞了吧。

或許死不了吧，但這個決定的背後象徵著什麼，因為過度服藥而思緒迷濛的祐希，並沒有完全意識到。

而那失去神采的雙眼，也已看不見任何的希望。

在她因為做了這個打算而精神稍稍提起的那瞬間。

本不可能有人造訪的租屋處，門鈴聲響起了。

學姐大概想像不到吧，我在週一早上直接造訪了她的住處。

A子只能推敲到這週會出事，無法知道她在哪時會做傻事的話，沒有猶豫的空間，那就在週一早上立刻突襲。

幸好她的租屋處有門鈴，我可沒有像A子悠閒讀書的興致，既然都特地騎車過來了就要好好解決事情。

但按響門鈴後，剩下我能做的也只有等待了。

本來我有想到學姐不願開門的可能性，到時該怎麼辦呢？也只能多按幾次門鈴了。

或許再來就有點束手無策了，畢竟學姐週日完全斷了跟外界的通訊，訊息和我打過去的電話都沒有任何回應。

不過這點最終成為了多慮，等待不過幾秒的時間——大門緩緩開了。

「為什麼是你？」

從門縫中露出了學姐的身影，明明是一句質問，卻沒有以前的活力。

她穿著寬鬆的格紋睡衣與睡褲，只有披頭散髮和過度疲勞的神情，雖對著我說話，卻感覺思緒完全沒有放在我身上。而且不是錯覺吧，感覺她的身體正輕微晃動著，有種隨時會倒下的感覺。

我深呼吸一口氣，嘆口氣後說道。

「妳會開門，就代表妳還有『期待』吧。」

期待有誰能拯救她，可學姐只是更加低下頭。

「我並沒有期待著誰。」

對於她那違背內心的反應，我開心地笑了。

我只是想照以往，故意以挑釁的語氣說道：「學姐明明很想要吧？如果來個華麗的人間蒸發，會有人來參與妳的捉迷藏。」

她沒有任何必要來開門，這代表內心對於自己的決定終究有所猶豫吧。但扶著額頭的學姐沒有回應，那過於憔悴的臉龐與渙散的眼瞳真讓人不捨。

「是誰告訴你的，我住的地方地址……」

「我很想說是靠著我的推理，不過是咖啡店的店長告訴我的啦。」

「店長……」

學姐浮現出遭到背叛的絕望表情，對此我就得出聲幫忙緩頰了。

「或許他是洩密了，但妳找到這份打工時，忘記店長面試時跟妳說過的話了？」

她沉默不語，當作默認了。

肯定有的吧，身為問題人物的學姐店長當然有注意到，也會跟我一樣交代類似的叮嚀。

「嗯……」

她心知肚明，而這答案也很單純。

員工履歷當然需要寫入地址，但店長——就只是為了避免我們出狀況時找不到人。

昨晚跟A子回到市區後，我為了找學姐住處而沒有頭緒時，不得已只能去找了店長，寄望他那邊的員工資料能派上用場。

當然，店長為了保護隱私，可沒有告訴我的權利，甚至能懷疑我想對女員工做不法的行為。

可是等他收工後，店長找我到辦公室會談時，他一開口就道破了真相。

「我知道祐希請假不是出國。」

這讓我吃驚不已，但對此他只是聳了聳肩。

「只是直覺啦，看來我猜對了？畢竟她跟你一樣，都曾是麻煩的公眾人物，可以的話真不想讓你們來這打工，徒增困擾。」

店長並沒有說錯，先不說祐希學姐，我的狀況確實讓我在找打工時遇到很多困難，許多雇主都對我的過去有所懷疑，甚至是害怕。

但最終，他還是雇用了我們兩位。

至少讓我在經濟方面有一定的自主來源，不用一直依賴姑姑家。畢竟我啊，實在連一次都不想回去。

我以前一度以為只有我是這間咖啡店的「問題兒童」，但如果學姐也是——就藉這個機會問清楚吧。

「店長，順便問一下吧，你幹嘛雇用我們？就不怕我們砸了你的咖啡店？」

他皺起眉頭，嘆了口氣。

「沒想到你會問這個白痴問題。」

看起來還是位帥氣大叔的店長摸了摸有點鬍渣的下巴，翹著二郎腿。

「我只能說，我不會用那些無聊的過去評價一個人，我能理解你們的辛苦之處。每個人或多或少，都有不想道出的經歷呀。」

店長的臉色越來越沉重，似乎回想起什麼過往。明明說了感動人的話，他卻突然語氣一轉。

「但是啊。這不代表你們就真的能亂搞，如果你的學姐想做什麼大事，我可是會毫不猶豫先叫警察來處理啊。」大叔店長笑得開懷，把玩著不知從哪拿出的彈簧刀。

一直有聽過很多傳言，我們家店長以前是混黑道的，現在已經退出江湖很久了，所以才會有所謂的「不想道出的經歷」。

感覺他真的會這樣做，所以我只能尷尬地笑了。

不過，店長雖然威脅了我，卻起身往另一個鐵櫃走去，從裡面翻找出一張紙。

「地址給你了，你去好好處理，記得跟我回報後續。」

突然就將員工履歷扔給我，這真的沒問題嗎？

「呃，店長不擔心我幹嘛嗎？」

但轉過頭看我的大叔店長只是爽朗地笑了，一臉好奇。

「看你們感情這麼好，你們是不是男女朋友啊？」

對於店長的評價，學姐只有一句感想：「感情哪裡好了……」

嗯，我也知道學姐的疑惑。

大概是把平常的吵架都當作男女感情了，我們可不是國小男生與女生啊。

不過這話題就此打住，我可不是為了這點閒聊來拜訪學姐。

我收起笑容，用認真的眼神凝視她。接著要說出的內容確實需要一些心理準備，和更多的勇氣。因為再來的陳述，不知道還剩下多少真實。

「很遺憾的，雖然妳滿懷希望地打開門，我卻不是來勸妳活下去。」我的嘴角微微勾起，那笑容自認甚至帶著殘酷。「我改變主意了，我要跟妳一起去雪國。」

一時之間，祐希學姐完全不能理解我說的話，大概是睡矇了吧。

「……蛤？」稍微整理思緒後，她只能擠出尷尬的疑問句。

「我想跟妳一起死，去殉情喔。」

我不厭其煩又解釋了一遍，她眨了眨眼睛，這才恍然大悟。然後她的第一個動作——就是想將門關上。

還好我反應夠快，先伸出雙手擋住，不讓她關門。

「誰會相信你啦！你哪次沒有說謊？難道只能靠欺騙人活下去？」

是啊，我只能靠謊言活下去。

「說得我像是負心漢一樣呀……」

但現在學姐的身體果然虛弱無比，我很輕易就從單純力量的比拚中獲勝，將門徹底拉開，並將學姐一手推倒在地，壓制在地上單手摀住嘴巴，讓她沒有逃跑與呼喊的空間。

那散開的長髮與絕望的表情，真可憐呀。不這麼做，現在的學姐只會一直逃避，不會好好聽我講話吧。

如果剛好有人路過就麻煩了，我肯定會被當成強暴犯。但事實上，我不過是在模仿。

模仿著他——那位男人，對受害者做過的事情。

我露出滿意的笑容，對沒辦法說出話、還在用力掙扎的學姐好好講道理。

「如果學姐不要果斷拒絕我，我們可以正常點談吧？況且，妳的問題很簡單。

「會拒絕跟接受，代表各自都有理由吧。所謂想死，看起來是一念之間，但那背後早就累積了太多原因。只是在思考後，我發現接受妳的要求能帶來的效益，遠超過拒絕妳。」

我笑得更開心了，簡直像個孩子。

「就讓我告訴妳吧，我為何接受的原因。學姐——妳聽過袁少華撕票案嗎？」

現在只要稍微閉上眼，好像就會回到那一刻。結果到頭來，似乎只剩下那點不能明白了。

那永遠無法忘掉的場景，一直在夢中無法走出去的囚房。被囚禁的狼狽青年，與露出微笑的男童。

我在那個社會事件中——扮演著什麼樣的角色？

受害者？加害者？相關人？

不——我是——

將那無謂沸騰的情感拋棄在一旁，我只能露出虛偽的笑容。

「學姐不一定對這起刑事事件有印象吧？人總是這樣的，常常對跟自己無關的事情漠不關心。」我擺了擺手，「但真讓他們關切，卻又得裝出好像很能理解的姿態，不管是給予同情還是撻伐也好，只要能代表多數，就會變得義憤填膺了呢。」

不由得哼笑出聲，我接著說：「因為是群體，會有群體想要創造的『氛圍』，被認為有問題的個體最終就只能被吞沒了吧。」

其實我覺得自己贅述了，學姐一定能明白。但從她那迷茫的眼神來看，或許是真的沒有特別印象。

「不過我能理解，妳對那起案件沒有記憶的原因，那時候我們都還小。雖然當時弄得人心惶惶，不只深夜沒人敢外出，還驚動政界人士出面協調，但最終還是造成了悲劇。」

那要從哪邊開始好呢？

好吧，我就從介紹「袁少華」這人開始吧。

「袁少華——我想想，他是誰……」

要我對他做簡單的介紹，實在太難了。

「嗯，沒多少人真正認識袁少華這人，但他的父母大概連妳都聽過。父親袁長慶，是白氏大企業的創辦人，妳常常會看到他上新聞版面，是行事果決無情但確實苦幹上去的企業主，除了工作以外也熱衷於資助藝術活動。」我摸了摸下巴，「母親則是張嘉嘉，國際知名的小提琴家，據說與袁長慶就是在藝術的公益活動中認識。兩人共結連理，他們的愛情還被傳為一段佳話。」

我瞇起眼睛。

「然後就是他們兩位的不孝子——袁少華。袁少華雖然出生在優渥環境，但他是典型的闊少、敗家產的富二代。」說到這裡，我忍不住咧嘴一笑。「沒有像一般的企業後代被送到國外栽培，當時已經二十多歲還是整天無所事事混日子、到處揮霍家產，結交狐群狗黨泡夜店。」

我放開了手，但學姐還是縮在地上顫抖，一動也不敢動。大概，把剛剛露出凶惡樣貌的我，也算成壞人了吧。

「每次上新聞都是在亂搞和炫富，他有在酒吧跟人打架、酒駕被抓到的紀錄，或者租一棟別墅找一堆女伴開派對，還被狗仔記者拍下派對的香豔照片。總之妳想過的，對於富二代最爛的評價——這人身上都找得到。」

我嘆了口氣，或許夾帶著一絲對袁少華的同情。

「所以，理所當然，袁少華在媒體上的形象，只有糟糕的部分。事實上袁長慶還為此在螢幕前震怒過，揚言要跟兒子斷絕親子關係，當然媒體都愛這對父子囉。」說著，我攤了攤手。「不過，儘管仇富，或許民眾都不會想像到——竟然有人敢綁架這位闊少。有一群歹徒趁著這蠢蛋剛從夜店泡回來的深夜，綁走了他。」

我頓了頓，想觀察學姐的反應。

嗯，她啞口無言。但也只能繼續說下去囉，這無聊的案件。

「歹徒們將他綁到了山區的一棟鐵皮屋，起初、主謀只是想要勒索贖金。家屬雖然主動報警，但警方擔心攻堅會逼急歹徒將人質撕票，就此陷入了多日的僵局。」我的視線投向半空，「事實上，當時警方與政府確實想順利解決這起事件，但不知怎地，狀況卻越來越惡化。」

身處在其中的我，仍然無法真正理解，為何談判無法順利結束，在最糟的狀況出現前阻止這一切。

但要說原因的話——或許從一開始，這起綁架案就無法和平落幕。

「惡化的原因，原諒我不能斷言，但我懷疑——是輿論影響了談判的進行。我知道，歹徒們一直透過電視，關注著外界的變化。」我輕嘆一口氣，「我不懂他們怎麼能如此認定，將社會的同情當作是自己的正義，所以綁架袁少華漸漸成為為社會除害之舉，在我想來就是這樣子吧。」

我聳了聳肩。

「就算主嫌確實是被白氏企業解雇，而被逼到沒有退路的底層員工。」

對，因此被逼到家破人亡的，他們家那微不足道、僅為一根小小螺絲釘的員工。

或許現實社會每天都上演著這些悲劇，但只有他有勇氣做到了這件蠢事。

由於主謀的背景，似乎一開始便引起社會大眾的同情，當時還有政論節目連絡上犯人，想跟他們講道理。

到底在搞啥呢？

「但無論如何，反正這是老師和爸爸媽媽都會教的道理——先出手就是錯的。」

沒錯，這個社會是這麼教育我們的。特別是無法挽回的錯誤，只要犯下就沒救了。

「學姐——**我當時啊，就在那棟鐵皮屋裡。**」

因為特別的關係，我就身處在綁架案的風暴中心。

她睜大眼睛，大概完全不能理解我的意思吧。

我是共犯？當然不是，也或許是。

「但我沒辦法理解他們，始終都沒有。我只知道，談判陷入僵局、歹徒的精神越來越接近崩潰邊緣，最終——袁少華仍被撕票了。」

空氣彷彿凍結了。但到此為止，我還有一個重要情報沒告知學姐。

「對了，說了這麼多，我還沒提過吧？」

我歪了歪頭，故意裝作忘掉似地補充道。

「主嫌的名字——叫做劉明輝。」

學姐先是一愣，然後很快就察覺到了，這名字中隱藏的不對勁。看來是下意識地，她撐著手向後狼狽退去，想從我手中逃離。

她的身體止不住顫抖，近乎求饒地向我拋出那個疑問。

「劉明輝——是你的爸爸嗎？」

畢竟跟我、劉松霖同姓呀，我眨了眨眼。身體中沸騰的某種情感，最終仍被抑制住了。

「或許吧。」

我只能像個大孩子一樣，笑得更開心了。

第六章
笑容的真意

Miss A Would Not Foretell
Her Own Death

我，劉松霖還是閉起了眼睛，思索起往事。

似乎回到那一天的傍晚，那悶不透風、與沸騰的外界隔絕的房間裡。

他——袁少華就被綁在椅子上。

身體充滿被毆打留下的瘀青，身體也因故意挨餓彷彿瘦了一圈，沒有往日的威風。但他的面目，還是猶如電視的雜訊，什麼都看不清楚。

是憤怒是痛苦？還是已經無力到不想回應，對這世界感到心死了？

不可能記起來的，他的任何樣貌，只因為——

無論如何，袁少華的眼中肯定看見了，當時明明是男童、還是個孩子的劉松霖，走進了房間裡，並對他露出童稚的笑容。

他一定很想理解吧，陌生男童為何出現在這裡，並且顯露出那不帶敵意的微笑。

以及，劉松霖緊接著說出口的那句話。

再次睜開眼睛，我對她投以憐憫的眼神。

「妳太可憐了，學姐。連跟殺人犯的兒子同事這麼久都不曉得，從一開始就封閉在自己世界裡。」

對著這樣惡劣的我，學姐理所當然害怕地問道：「學弟，你想做什麼？」

很不合時宜的一句話呢，我聳了聳肩，開心地笑了。

「事到如今怎麼會問這個問題？如果妳會發生什麼事情，我早就下手了吧。」

這就是社會的偏見，體會過這點的學姐，沒意識到自己也會帶著偏見去評價事物。

不過，被她誤會或許是理所當然的。我的人格、我的所作所為都是如此卑劣，不值得同情。

更何況，在任何場所面對任何人時，我總是想露出笑容。

「原諒我跟妳說了這麼多無所謂的過往，不過這是前置作業。」

為此，我不得不對學姐自白，還有那段綁架案件的後續在表面上的狀況。

「我很喜歡微笑，似乎有人教導過，只要露出笑容心情就會不自覺變好。所以，即便我不知道自己怎麼會在那裡，是被爸爸帶去的嗎？我或許——也還是想對可憐的袁少華露出微笑，為他打氣。」

一切都只是猜測語氣，我只能用猜測語氣去說明關於劉松霖的，我的所有過去。

「我來到了袁少華被囚禁的空間，並跟袁少華聊了很多，他和我都不是壞人。」

對，袁少華的所做所為都不是惡事。

雖然做了一堆蠢事，但他卻沒有在真正意義上傷害到任何人，可以說他是個廢物，只顧著自我滿足的少爺。

但這社會，本就存在著真正的惡意，不管是為了任何原因成形的都好，最後就這樣不可控制地奪走別人生存的自由。

「袁少華──似乎還私自把我當成了朋友。」

劉松霖對他是怎麼想的呢？男孩沒有告訴過他。

總之，袁少華似乎僅僅是巴著還是孩子的劉松霖不放，或許是認為這能拯救他吧。可惜的是──

在真正意義上，兩個人都沒有走出那間房間。

感受著其中的悲哀，我繼續對學姐訴說這起事件表面上的後續。要說一個謊，只要其中有百分之九十九都是真實就能成功了。

「然而，只是露出笑容並沒有用吧？──袁少華還是被撕票了。活下來的我，被迫獨自面對這個殘酷的社會。」我低下頭，「最初，媒體對主嫌竟然帶著孩子綁架袁少華這點大肆報導，不過輿論一開始還是同情著我的遭遇，並且把劉明輝塑造成畜生都不如的人渣。」

我半瞇起眼睛，苦笑著繼續說道。

「但那最後的同情，因為一張拍攝畫面逆轉了。」說到這裡，我不由得頓了頓。「被認定不可能有嫌疑的我很快就被釋放了，但為了表達對父親所做所為的『贖罪』，我父親的妹妹、腦袋已經一片混亂的姑姑還是硬拖著我出席了某個場合。」

兩根手指移到臉頰的兩側，試著擠出微笑。只有這段回憶，我沒辦法完全笑出來。

「**我在袁少華的頭七，嘴角微微勾起露出笑容。**」

看著學姐驚恐的表情，我閉上了眼。

「誰都知道在那場合，身為加害者家屬的我，不該做出這個反應。」當年，我卻只想做這個動作。我沒辦法哭出來，只覺得太過荒謬了。我活了下來。這件事太過荒謬了。

「那只是一瞬間，就被眼尖的記者捕捉住畫面。自那之後就萬劫不復了，袁少華死了、劉松霖被當成人渣的後代，捕捉的一角畫面或許太過衝擊，至今還有數不清的陌生人會當面譴責我的不是。」

這或許將成為我一生的標誌，就像雪夢被當成了賣肉實況主。殺人犯的邪惡之子。

如果還有人記著我的過往，肯定會做出這樣的認定吧。於是，過去的袁少華消失在大眾的記憶裡，原本的劉松霖也被人遺忘了。

我想起了惡魔和外星人。

有人把火災現場密布的濃煙、繪聲繪影說成是惡魔顯現的姿態。

有人把火星空拍照上的一小塊工整岩石，說是外星人的遺跡。

這就是人類。

我們看不見真相，只是選擇了自己理解的真相。

我伸出手，想對她表現善意。學姐果然揮開了手，只想靠自己的力量緩慢爬起來。

我只能露出遺憾的笑容，問道：「妳一定想問吧，為什麼我在那個場合，還能無情地露出笑容？」

「嗯……」學姐離我遠遠的，卻還是語帶猶豫地發出詢問聲。

真是好女孩啊，我不知道她會不會想說「劉松霖不該是那樣的冷血人物」——如果我跟她之間有搭起任何一絲信任的話。

有一瞬間，我很想把所有真相說出口。然而，我選擇繼續忍受。

不是不信任她，是因為這跟我要扮演的形象不合。

「誰知道呢。」我用一抹假笑帶過。「我跟妳說了這麼多，只想證明——我有想跟妳一起去雪國的理由。」

學姐睜大眼睛，對此果然還是不可能信任我的吧。不過，我能說的也說完了，再來是我能幫學姐想到的。

「我的一生已經沒救了，不管是父親的所作所為，還是我幹下的蠢事。」

雖然以上其實都不重要，重要的是……不管再怎麼努力，我也沒辦法證明什麼。

「只是這樣隨便離去的話，又太過便宜『那些人』了。」我露出惡劣的笑容，再次伸出手。

這次不是伸手想扶起學姐，這是想要合作的姿態。

「就像女鬼死去，穿紅衣的聽說怨念最強。我們就用屬於這個時代的方式，向這個世界表達強烈的意念吧。」

接著，我提出了自己的想法。

離開學姐的租屋處時，已經是半夜了。

倒也不是中間有什麼過程，只是本來去找學姐時的時間點就很晚了，回來是半夜也沒什麼好奇怪的。

也不意外的——在我家門口對面的角落看到了A子。

「我應該跟妳說過了，我會打電話跟妳說結果。」

A子不會預言自己死亡

穿著制服的A子只是放下手上的書，對我解釋她在此的用意。

「我還需要證明，對你說過的『那個方法』是可行的。」

原來如此，所以還是得跟我過夜呀。

但不知道明天是否要翹課的乖寶寶A子，似乎沒打算就此進屋。我好像越來越能讀出她的心思了。

「不過，我還想去一個地方。」

果然答案就是如此。

「不要跟我說又要騎去山上喔。」

結果，我們到了在某種意義上也很高的地方——是某棟剛完工大樓的頂樓，有數十層樓高、感覺跳下去真的會發生不幸的那種。

原來這種大樓都沒有管制隨便進出嗎？但站在頂樓，感受著強烈風勢的A子只是面無表情地說：「這是我爸投資的其中一棟大樓，所以我能隨意進出。」

不知道是玩笑還是真話，妳真的很幽默耶。

但這裡的風大到很難開玩笑呀，我眺望著底下的萬千燈火，還是大聲喊道：「可不要告訴我，妳想從這裡跳下去喔。」

雖然我有預感，她可能真的不會死，因為命運的那一天還沒到來。

明明會被風聲吞沒，這次A子的聲音卻異常清楚。

「只是想來吹吹風，你也需要。」

真貼心呢，我確實需要。畢竟謊言說多了，身體說完全不熱也是騙人的。

接著，A子繼續說道。

「你說服她了——用**死亡直播**這個方法。」

我點點頭：「當然，本來學姐就想尋死了嘛，既然想到更有價值的死法，她當然就接受了。」

如果只是單純的自殺，那最多就是成為新聞的一角，加上學姐的身分或許熱度能燒一下吧。

但死亡直播就不一樣了。既然是因網路而生，也應該要在網路上死去。造成的迴響肯定是不同級別的，是專屬於雪夢終結的唯美落幕。

我這個瘋狂大膽的想法，在最後還是打動了學姐，也覺得我是徹底的人渣了吧。

A子轉為沉默，雖然是一如既往的反應，但再次說話時，卻是一個理所當然的問題。

「沒有說出口？」

我知道她問的是指何事。

「當然沒有告訴她了，說出來她怎麼會相信我想死嘛！」

即便在另一層意義上，我也早就想死了。

我開心地笑了，張開雙臂享受著頂樓舒服的風勢。

「我怎麼能告訴她，我並不是劉松霖。」

我並不是劉松霖，這是對早已看透一切的A子，無法否認的真話。

就算到現在，我還是會用上那陳腔濫調的說法——我並不覺得命運是可以控制的。

甚至認為多數的人類都是如此，否則書局賣最多的就不會是所謂的勵志書籍，總是要藉由一些成功經驗去催眠自己是那一邊的人。

不過未來不能掌握這點，是我的人生經驗告訴我的真相。

我能活在這個當下，就是命運玩弄的結果。

我不能成為「劉松霖」、也不再是「袁少華」，只不過是他們留下的部分拼湊起來的殘骸。

所以，即便擬訂計畫的人從頭到尾都是我，最意外的還是我自己。

「……你認真點玩好嗎？」

耳邊傳來學姐的抗議，我對著電腦螢幕上的「Game Over」忍不住皺起眉頭。

不過跟學姐玩需要合作的冒險小遊戲，結果變成拖油瓶的這個狀況，還在我的意料之內。

對於學姐的抗議，我只好笑著打模糊仗。

「學姐妳真的很宅耶，為什麼這些亂七八糟的攻擊都能躲過？」

視力根本跟不上螢幕上漫天飛的火球和光線什麼的，但學姐操控的角色就能輕鬆躲過，記得她一開始玩《Fairytale》時的技術明明還很菜。

「玩久了總會進步，而且我以前還特別找遊戲練過……」擺了擺手把，學姐只是理所當然地說道。

我也玩很久的盜版遊戲呀，就沒有提升多少技術。

可惜做為實況主，大家好像更常記得雪夢的角色扮演。

為了能看到不太大的螢幕，我現在是跟學姐緊挨著坐在相接的兩張椅子上，隱約能嗅到髮香。

不久前才洗完澡的她一甩昨日所見的邋遢樣，現在穿著一件長款、有兔子圖案的圓領白短袖、衣襬長度足以蓋住極短的熱褲。而在熱褲下的，則是會讓正常男人忍不住側目的雪白大腿。

名副其實的「雪」夢呀，在這種意義上。

不過，雖然這將會是雪夢的最後一次實況，她卻穿得相當普通。

「我以為妳會精心準備一套合適的裝扮，來對這世界告別呢。」

提出要直播「自殺實況」的是我，但我並沒有干涉到她要怎麼穿著的問題。

坐在右側的學姐本來在移動滑鼠關遊戲，聽到這話臉色馬上變得沉重。

「我提過吧，角色扮演的衣服和道具，大都是我認識的同學提供的。況且現在也不需要了，我想讓他們看見的……是原原本本的我。」

是嗎？我只能笑了。

「到現在才想做回自己，會不會稍嫌太遲了呢。」

學姐瞇起眼睛，用看人渣的眼神瞄向我。

「你真的很惡劣呢學弟，慫恿要直播自殺的明明是你——難道你反悔了？」

但我只是站在「過來人」的角度，這麼回應：「我可沒有反悔，雖然我平常都在努力扮演著『善良的劉松霖』。」

我昨晚對學姐說過太多謊言——這句話卻恰好是實話。

在現實中，這個機會從一開始就不存在。我沒辦法證明「劉松霖」是多善良的孩子，永遠不可能。

可對於我的解釋，學姐果然不是很相信，反而露出懷疑的神情。

「形象被定位就難跑了，誰叫你要在受害者的喪禮上笑出來？」

「我還想怪那位記者怎麼會拍下那張照片呢。」

我回以微笑，就這點大概跟學姐最有共鳴吧。

她嘆了口氣，打開直播的平臺。

「反正我不是想對他們報復……只是——果然——我想讓大家意識到我——」

我點了點頭，但心裡想的是另一回事：可惜她這樣的行為，本質上是毫無意義的。

讓大眾意識到，卻不一定能使他們認同。這兩者是完全不同的意思。我都能想像到了，到時新聞出來後，又會有多少負面的評論冒出來，說著年輕人就是草莓玻璃心之類的。

但我仍然提出了這樣的想法，而且被學姐接受了。這只代表一件事，最終不被誰認同的學姐內心，肯定很寂寞吧。

即便氣氛因為我的多嘴又變得很差，對於只對裝出笑容這件事最擅長的我，學姐也顯得無可奈何。她轉而拿起桌上的紙袋，繼續把她那一份鬆餅咬進嘴裡、配一口鮮奶茶。

這份鬆餅與鮮奶茶是我跟店長買的，記憶中學姐很常跟店長外帶鬆餅回去吃。我連學姐喜歡的口味都偷偷記著，是香草卡士達口味。

我在約定要開始實況的時間前就先到來，當時學姐剛剛好洗完澡。看來還是會在意在大眾前的形象嘛。

因為還有一段空檔，我故意邀請學姐來玩最後一場遊戲，隨便哪款遊戲都好，順便讓她吃自己帶來的食物。

早就猜到餓很久的學姐果然會搶過鬆餅去吃，就算她昨天才知道我是殺人犯的兒子，現在精神瀕臨崩潰的她並沒有意識到某個事實——我始終不值得信任。

「以後……就吃不到了……不知道能不能……在夢境中……複製？」

露出懷念表情的同時，學姐說話漸漸變得遲緩，身體也不自主搖晃著。

從學姐咬下第一口到我們遊戲結束，大概也過三十分鐘左右了。

「九點要實況囉，學姐先登入平臺吧。」我誘導著祐希學姐進行下一步動作，繼續保持愉快的心情說道。

「不……用你講……」她顫抖著手操控滑鼠，登入了實況平臺。

然而眼皮已經快承受不住了吧？睡意的重量。

「……學弟……你在飲料中……加了安眠藥？」

雖然用力睜著眼睛，但靠在椅背上的學姐看起來隨時會睡著，事實上她這幾天本來就在半夢半醒之間。

「嗯，我自己加的安眠藥種類應該比妳的效用更強——但也不可能致死。」

「為……什……麼？」

對於她的疑問，我無奈地笑了。

「妳怎麼能信任愛說謊的我啊？所以說學姐妳太善良了。」

這麼說來，我對這點真的不能明白。

我本來以為這計畫中的阻礙，是她對我的懷疑。畢竟我昨天才說出自己的身世，而當下學姐也很害怕。

但她還是接受了我的提議，到方才玩遊戲時的態度也沒有變化太多。是為什麼呢？

「我……明白……但……」

快點睡著吧，學姐。

這樣子祈禱的我，雖然想讓事態照著自己的預期發展，可最後，我還是被命運擺了一道。

我不知道在學姐心中我是不是這麼重要，還是她在意識散去前，剛好抓住了那一段記憶。

聽來帶著哽咽，又像是在訴說。

「劉松霖……沒有家人……」

雖然用家人概括著，但我很快就意識到她在指什麼。

學姐竟然還記著，我跟她在月臺上的對話，說我過去的家庭如何如何的。

而且她建立了一個太過愚蠢的前提，她選擇相信我在月臺那段自白是真實。

所以昨晚她跟我道別後，恐怕就去查劉松霖和袁少華的相關後續新聞。然後就能注意到兩次對話中太多的前後不一、和其中一個可能最明顯的矛盾。

「但你卻在月臺上說你有妹妹……劉松霖……**是獨子……**」

劉松霖的家庭並沒有妹妹這位家人，但我之前的自述中卻出現了這部分：

我生在一個還不錯的家庭，長大後還多了妹妹。儘管妹妹充滿了天分，爸爸媽媽還是對身爲長子的我更有期望。

聽到她的說明，我維持的笑容在片刻間瓦解了。

握住滑鼠，趴在電腦前的學姐轉過頭，投以一個貌似看破事實，所以很難過的微笑。

「說謊……過頭……的話……不就跟……雪夢……一樣了？」

不是徐祐希，而是雪夢。

說到底，如果雪夢是有所堅持的實況主，不要自願跳入這片汙濁的泥沼中，也不一定會發展成現在的局面。

所以我才為她感到不捨，她明明能辦到，跟我的處境截然不同。注視著最終還是墜入夢鄉的學姐，我緊咬住雙唇。

「妳在同情我嗎？」

這還是第一次，我對永遠只能撒謊的自己產生了厭惡感。

把睡著的學姐抱到床上後，我通知屋外的A子進屋，並將剛才的對話稍微透露給她。

話說回來，A子還是穿著制服，還提著書包，看來今天有去上學。

「所以？」

「也沒什麼，但我很訝異學姐能猜到這種地步。」

不，不可能猜到，在邏輯上根本不合理，我根本什麼都沒跟她說，也許只是學姐感到奇怪而已。

不過我訝異的是，都快搞不定自己的她，卻還能撥出時間想了解我。

我真心以為我在學姐心中，並沒有這種地位。我會幫助她，純粹是想彌補自己的空虛感而已。

對於依舊舉棋不定的我，A子卻給予一個合理不過的建議。

「直接去問吧。」

明明看起來很文靜，做事還是這麼有魄力。我的嘴角忍不住微微勾起。

「照原本的計畫，妳先去夢中吧，我等等再去找學姐。」

「嗯。」點了點頭，A子爬到床上、側躺在學姐旁邊。

都能跟我睡一起了，這孩子不會有認床的問題吧？確認A子闔上雙眼後，我重新坐到了電腦前。

看著學姐留下還沒開始的直播操作頁面，我拿出放在隨身背包裡的那樣物品——

純白的面具。

思緒回昨晚。

我理所當然地看著A子穿著小鴨睡衣理所當然地躺在床上，我也理所當然地躺下來，兩人保持側躺面對面。

真香……我是說她的洗髮乳香味。

「妳說過妳能對這件事給予協助，具體來說是什麼？」

看來還是跟夢境有關，不然沒事又要睡在一起做什麼？

對於我的疑問，身穿小鴨睡衣的A子只是平淡地表示：「跟我稍微提到的，怪物寄生後帶來的益處有關。」

A子只是眨了眨眼，面無表情地瞧著我，和我大眼瞪小眼，好像希望我自己能想出來。但我的智商實在不太行，想不到具體她要怎麼做。

「不要藏哽了，說出來吧？」

她仍然盯著我，經過不知多久的沉默後，卻以不想讓我聽到的音量輕聲開口。

「殺了現在的徐祐希。」

我屏住呼吸，因為無法理解其中的含意而腦袋一片空白。

想起來，認識沒幾天的A子雖然無時無刻保持著冷漠，說話也有一句沒一句的一副很酷的樣子，可A子並不是完全無法溝通的異類，只是慣於保持沉默。跟她相處久就會漸漸有這種感想，而且她也有柔弱可愛的地方。

所以這句話的冰冷，才讓人發自內心地感到畏懼。

伴隨著令人不安的記憶，過了一段時間我才進入學姐的雪國之中。

抬起頭，我觀察著每次進入時都會佇立在其下的那盞路燈，現在正明暗交替地閃滅著。

不是故障沒人來修，說到底這是夢境，根本不存在這種問題。在雪原遠方燃燒的一團火光，正明示著現在的狀況。

果然是行動派呀。

我知道A子會這麼做，甚至這也是我支持的做法。

但在走了一小段路並看到面前的慘狀後，我還是忍不住皺起眉頭，懷疑自己到底該不該讓A子去做這種傷害人的行為。

「記得，妳叫貝米吧。」

小學姐還介紹過，牠是素食主義者。

雪花靜靜飄落在倒臥於血泊中的北極熊屍體上，貝米的腹部被開了一個很大的洞，永遠於這美麗又孤獨的夢中長眠了。

就算牠是學姐的創造物，也或許沒有自己的思考能力，但還是……

殺了現在的徐祐希。如果她沉迷於虛假的夢境，那就毀掉現有的一切。

彷彿在應證我所想的「虛假」兩字，貝米的身軀竟逐漸模糊，變成馬賽克那樣詭異的存在。

「原來是點陣方塊……」

《Fairytale》本來就是點陣圖的獨立遊戲，或許是學姐太愛那款遊戲了，沒想到在真實之下卻是如此悲哀的粗糙內裡。

碎成無數碎方塊的貝米最後消失在大地上，最終連屍體都不剩了。

「安息吧。」

這就是A子的提議，也是她能做到的事情。但她這個決定——確實無情又殘酷。

瞇起眼，想起最初我跟A子的相遇，她也是冷淡地注視著流浪狗被車撞上。

總覺得A子的價值觀跟普通少女相比有所偏差。沒想到扭曲的我會也會有去評斷他人的這天到來。

「希望事態沒有失控。」

不管如何，我只能繼續向前邁進。朝著火光的源頭——那座在夜晚中燃燒的樂園前進。

經過一段跋涉後，我再次造訪了樂園，如今已經殘破不堪。

本來是學姐辛苦建立起、能讓心靈暫時逃避的樂園，現在已成為一片廢墟，沒有一棟建築能夠倖免。這些建築的內在同樣是由方塊構成，隨即大量崩解並消失，四散的動物屍體也是。

曾經的虛擬樂園，如今僅留下最初的荒蕪。

就像現實世界中的遊戲，檔案刪掉了——也就什麼都不剩了。

我想起學姐帶我造訪的經過，就算我否定了學姐為逃避所做出的努力，但這雪國確實讓人留戀。

這樣真的可以嗎？

此刻竟然有些自我懷疑，但如果我去質疑這點，就代表我也走不出那夕陽西落的房間，被自己靈魂深處的怪物囚禁著。

與其說是為了學姐，或許更應該說是為了自己，我壓抑躁動的內心踏出下一步。

這座城鎮看似廣大，我卻沒花多久時間就發現下落不明的她們，畢竟建築物都被清空了。

在應該是酒館的那個位置，我找到了那兩位女孩。

「……」A子先注意到了我的出現，微微側頭注視我。身上的穿著與平常看慣的打扮有著微妙的不同。

她纖瘦的身軀包裹在破碎的黑色兜帽與斗篷中，手提著一把巨大的鐮刀，從沾血的末端來看，那就是她屠殺動物朋友的凶器。

死神。

唯一能聯想到的鮮明詞彙，只有這個。而且在這之外，A子還散發出異常詭異的氛圍，或許是那雙瞳孔的關係吧。

我難以形容那種眼瞳，不是平常的黑瞳、也不是什麼俗濫的鮮紅、跟美麗的紫羅蘭什麼的都扯不上邊。

那對眼睛布滿了雜訊。

對，就像A子夢境中的那臺老舊電視機的畫面，還有夢境最後的雙眼，全部布滿了雜訊。

那不是人類的眼瞳，所以化身為死神的A子，此刻或許也脫離了正常人的範疇。

而被她用鐮刀末端指著的，就是祐希學姐。懷中還緊緊抱著企鵝鎮長，或許是樂園中的最後一位動物朋友。

「那隻企鵝，是怪物的殘骸。」

聽著A子的話語——我才恍然大悟。

學姐幻想且依賴的雪國，這座小鎮與動物朋友們——就是她醞釀的「怪物」，如雪般隨時會消融的希望。

「……學弟？」淚水嘩啦啦落下的學姐，以絕望的神情望向我。看來A子是從根本上給她帶來了即將死亡的壓力。

對於投射過來的眼神詢問和言語求救，我一時說不出話，最後才擠出了一個字。

A子不會預言自己死亡

「嗨。」

幹，三小。

我不是要說這句啦，咳了幾聲後我趕忙開口。

「差不多了，A子。已經毀得差不多了，學姐的夢短時間內不能重建了。」

這就是治標不治本的方法。

雪國毀了，學姐就失去想進入的避風港，或許短時間就不會想吞安眠藥自殺了。

但這並沒有辦法拯救學姐千瘡百孔的心靈，A子的死亡預言終究會實現。

學姐雖是睜大眼睛，但表情並沒有想像中意外，反而低喃著。

「果然是你呢——學弟。這位女孩子……是不是咖啡店常見的那位客人……」她顫抖著身軀，用扭曲的表情直視A子。「好可怕……怪物……」

怪物嗎……我點了點頭，決定將真相說出來。

「我都叫她A子。而且，是她告訴我的，妳這星期會自殺。」

「我的——死亡預言？」

學姐一時說不出話，但在短暫的沉默後，或許是承受不住這些不可理喻的壓力了，再次開口時她幾乎是哭著吼著質問。

「你們這麼做有何用意？毀掉別人的夢很好玩——是在嘲笑我的沒用嗎！

為什麼？我連自殺都不行？」

對於學姐爆發的怒氣，我只能笑著反問。

「那麼，妳想被A子殺掉嗎？」

她語塞，低下頭不想說話。

草率放棄自己的生命，或者死於別人的傷害下，對學姐而言終究是完全不同的認知。

也代表，她不是真的這麼想死。真正想死的人，是不會在意以什麼形式終結生命的。

不知何時，只見A子已經脫下兜帽，撥弄著自己耳邊的髮絲。手上的鐮刀消失了，包括那充滿雜訊的雙瞳。

接著，A子的視線瞟向對方，學姐下意識抱緊了企鵝，深怕連最後的動物都會被殺害。

「妳的精神相當脆弱。」

A子給予了無情但可能很正確的評價。

「……」

學姐不甘地咬緊雙唇，只不過轉折卻突兀地出現，A子的手突然伸了出來——摸了摸國王企鵝的頭。

「但，這是一場很美麗的夢。」少女只是這樣評價著，嘴角似乎微微勾起。

死神給予殘酷的破滅，卻又稱讚虛幻的美麗。

真是充滿矛盾的舉動，但A子也不會解釋她的想法吧，乾脆地轉身走了。

她的背影彷彿在說：我能做的就到此，剩下就交給你了。

「……她不是壞人吧？」

但對於我開心的詢問，學姐恨恨地評價道：「我永遠跟這女人八字不合。」

樑子恐怕就此結下了。

在A子大鬧一番，留下我和學姐就瀟灑離去後的不久——

雪停了。

不知不覺間，抬起頭只剩一片灰濛濛的天空，烏雲並沒有散去。

或許是發現雪國兩字中的國已經毀滅了，無意識間學姐就取消了天氣設定？

我轉過頭，期待看到學姐不同的表情，畢竟不久前還聽到她對A子的狠評，還是希望她能夠藉此清醒。

眼前的照明只剩雪原上的路燈，映照在微弱光芒下的，則是一臉寂寞、表情更加生無可戀的她。

終究得面對眼前的現實，學姐還是不願醒來。我和A子聯手破壞了學姐的夢，就算我不是動手的那位，現在學姐恐怕也對我恨之入骨。

但連仇恨一個人的力氣都耗盡了，現在的她似乎連靈魂都不在此處，只是任由我拉扯著前進。我只好碎念道：「沒了就沒了，但只要妳願意，夢境——還是能重新做一個吧？」

其實被破壞到這種地步的夢境到底還具不具備復原的可能，我是有一點懷疑啦。

該負起責任的我說起不負責任的話，然後得到的回應是——

「……」

學姐沉默以對。

我只能露出苦笑，繼續拉著只剩空殼的學姐前進，就算這個時候上了她，大概也不會有任何反抗吧。

然而，儘管現在說來像是撒謊——我的內心已經不想再多傷害她了。

即便，這又與我再來想做的行為有所牴觸。

確定已經遠離了小鎮，周圍只剩寬闊的雪原以及上頭的灰暗天空後，我放開了抓著學姐的右手。

只有在這最初的背景、還沒有經過更多加工的地點，我再來的要求才有意義。

我瞇起眼回想過去的記憶，再次睜開對上祐希學姐無神的視線。現在的問題，是要將自己的想法真真正正傳達給她，從一個簡單不過的要求開始。

「學姐——妳造得出極光嗎？」

學姐並沒有開口，不知是假裝沒聽見我的話，還是心神完全不在此處。不管是何者，我必須強迫她去正視自己的內心。

我站到學姐面前，雙手捧住那冰冷的臉頰，距離近到彷彿要親吻。

「請妳不要迴避我的問題，妳造得出極光嗎？記得我之前就質疑過吧，沒看過實景的妳造得出來嗎？」

她的眼神雖只剩空洞，但還是微微撇開了頭。

「……事到如今，問這個有什麼用？」

我的嘴角微微勾起，帶著挑釁的口吻說：「妳還是想逃避？妳的北國不需要這種漂亮的景色嗎？還是大家只靠愛與浪漫就能過活？總可以用極光賺觀光財吧。」

「這裡才沒這麼高緯度。還有這就只是場夢，幹嘛考慮到這麼現實的情形……」

我認真盯著她，表情嚴肅地說：「如果妳造得出極光，我就承認妳的雪國有它的價值，而且會鄭重跟妳道歉。」

沉默片刻。

兩行淚水卻從學姐的臉頰滑落，讓人意識到我的行為有多惡劣。

「那也沒有意義了……」

儘管學姐看起來心不甘情不願，但我仰頭一看，烏雲卻漸漸散開。

在那布滿星辰的夜空中，開始浮現舞動的光彩。

被我一激之後，學姐還是燃起了僅剩的對抗心，應該是照著自己的印象給天空加上極光。

我看著滿天的扭動綠色線條，接著，故意以誇張的動作嘆了口氣。

「果然，這完全不行！不管是顏色、亮度，還是那宛如少女翩翩起舞的身影，都離真正的歐若拉太遠了。與其說是極光，不如說是在空中扭動的毛毛蟲……」

她的身體微微顫抖著，看起來正壓抑著怒氣。

「不然你來做呀！老是在說謊的你，到底有哪樣事情能做好？」

插嘴的學姐生氣地反駁。讓她有點情緒起伏也在我的考量中，這才像原本的她呀。

所以我開心地笑了，要她停止在天空造極光，接著打了個響指。

天空重新出現了壯觀的極光，在夜空中美麗地變化著光彩。

斜眼瞧去，我所創造出的光芒讓學姐張大眼瞪著、久久無法忘懷。

——恐怕意識到這其中的差距了。

「我可是第一次做喔？不過做得不太好，說起來這部分學姐還是很厲害呀，就算沒看過實體，妳還是把雪國和鎮民的細節都想出來了。」

據說他人的夢是無法輕易影響的，不過A子有解釋過，如果讓對方的精神變得脆弱，就有可能像這樣干涉他人的夢境世界。

學姐似乎無法理解，只是呆愣著說不出話。

「為什麼，差這麼多……」

「這不是很簡單的道理嗎？」我開心地笑了。「因為妳沒看過，就這麼簡單。」

記憶中浮現去北歐旅行的種種畫面，感到懷念的我繼續說道。

「學姐就算做得再擬真，那終究只是模仿。妳所創造的雪國很美麗，但始終沒有注入一絲真實感，也不堅持去做，所以一切顯得更加虛幻不踏實。」

只是因為想逃避、只是想拒絕一切而創造，但光是逃避或拒絕的決心也不足夠。

我沒有否定學姐的選擇，事實上，如果痛痛快快用直播復仇後，學姐想就此離去我也不會阻止她。

但學姐沒有做出最漂亮的雪國，所以她不該就此永遠躲入夢境中。要逃避既定的命運，也請拿出相對應的努力。或許這樣說很白爛，但這就是我能撐到現在的原因吧。

共同注視著天上的光彩，我繼續笑著說：「學姐妳一定能造出更漂亮的極光，所以請妳現在不要死——活著去實地取景，貫徹自己想逃避現實的美夢。」

身旁的人先是保持沉默。

「盡是些歪理……」

學姐嘴上反駁著，但眼中的光彩正如天上的極光，正在緩慢回復。

「不，這不是歪理喔？就像妳靠著自己的想法與努力獲得實況的成功，這不是任何人所能否定與扭曲的。

「實際去看極光這個夢想，我相信這是妳做得到的事情，妳之前也賺不少了吧？

「所以在這之前別想著去死，妳對自己的雪國要求這麼低嗎？這不是任何人能改變妳的，我只是想提醒妳。」

我的說服似乎起了點效果，學姐的臉色漸漸取回血色。

「學弟，你說得這麼多，是不是太看得起我、或者說你自己了？對你來說，就沒有完全不能達到的事情？你真的不會對那些現實無力嗎？」

讓她找回思考能力後，就只會提些刁鑽的問題。我微微側頭，然後——還是只能選擇開心地笑了。

再次仰望天空自己創造的極光，彷彿觸手可及。明明就離得很遠很遠。

「當然有，但正因為我知道哪些夢是真正無法實現的，我才對妳感到惋惜，妳明明都還有改變的空間。」

「……」學姐再次沉默，或許心中也有數吧。

不管她有沒有猜到，我還是決定說出口了。

「沒辦法達成的事情很多，例如長生不死、去有生命的另一個星球……還有——再次遇到當年已死的『劉松霖』。」

我瞇起眼睛，吞下那過多的痛苦。

學姐露出明白的表情，低聲說道：「……你果然，不是『劉松霖』，難道是『袁少華』嗎？」

「誰知道，但我或許誰都不是喔，妳又怎麼猜到的？」

「我後來——選擇相信你在高雄說的話，那時候你看起來特別哀傷，我才會……」學姐注視著我回應道。「而『袁少華』我一查就發現了，他也有一個妹妹。你一定很重視她，描述中充滿感情……」

對於那帶淚的雙眼，我只能聳聳肩。

「我必須打動妳，所以堅持著謊言要有近乎百分百的真實。」

唯一不真實的部分，只在於我現在已不是「袁少華」了。

在最近這麼長期的憂鬱後，學姐難得再次笑了。

「你確實不會說謊。」

「正因為我不會說謊，才會過得那麼痛苦。」

反正也說出口了，就把真相描述得更清楚吧。

「我擁有『袁少華』的記憶，卻是『劉松霖』的肉體。」

當年的真相——在那小房間中，「我（袁少華）」跟「劉松霖」在一晚夢境過後，交換了靈魂。

年幼的劉松霖似乎也被怪物寄生，從中獲得交換靈魂的能力。

嘗試跟我親近後，他提出跟我交換靈魂，由他用我的肉體去說服自己的父親。

我本來以為是荒誕的玩笑，但現實就是如此，他真的能做到這種不可思議的異能。

但劉松霖失敗了，在我的肉體中迎來生命的終點。而被留下來的受害者，則被迫用加害者的後代這身分，去重新適應這充滿各種意念的世界。

這並不是最痛苦的事情，遠遠不是。

「真正痛苦的事情——是我沒辦法證明『劉松霖』是『好人』。」我無奈地笑了。

但這一笑，或許是我很少對人顯露的，真正夾雜著很多負面情感的笑容。

「就算我用劉松霖的身分達到世俗定義的『好人』，人類這個群體也不會接受這個事實。」

「……」

在這幾年，我也懷疑過我是不是袁少華？

會不會是劉松霖因為同情被害者而產生的妄想？

所以，當時我才在袁少華的頭七笑了，一切都太過荒謬了呀！

學姐沉默不語，要告訴她這段回憶也太沉重了，我也不是想用「這世界還有更不可理喻的事實」這點去說服她。

那種你說自己可憐，但有人比你更可憐，並不是我想傳達給學姐的無聊心靈雞湯。

「所以學姐，我不會想死，至少現在還不會。我確實曾經想消極過活，但這樣子的想法，被一位女孩強行介入而改變了。」

那位女孩，就叫做A子。

是她的話語，給予了我力量。

只是微不足道的幾句話，就證明我的過去不是妄想。靈魂交換是真正能夠發生的，僅僅這樣就是救贖。

所以，對於同樣被怪物所困的學姐，或許我才會想去幫助她吧。

「……學弟。」沉默良久，連極光都停止後——學姐再次開口了。「不管如何，就算你不是袁少華也不是劉松霖，但你——還是我那愛撒謊的學弟，我是被你拯救的。」

「沒想到會被妳安慰呀。」總覺得怪尷尬的，但胸口卻很暖和。

她的嘴角微微勾起，朝我伸出手。「因為是你給了我新的目標——下次，一起去看極光吧？」

雪再度緩緩落下。

沐浴在細雪中的學姐，雙頰帶著一抹紅、微微笑了。

極光也是無法觸及之物，雖然還是好過更加無形的存在。

我們無法對無形的存在復仇，例如多數人形成的共識甚至偏見。

就像在真實世界中的國家，就如美國那樣的民族大熔爐，即便經過了這麼多年的努力，仍然存在著明顯的種族歧視那樣。

它們無法被槍刃擊傷，任何人無心的一行字、都能成為滋長這個「怪物」的養分。

不過——就算這是沒有意義的作為，猶如對風車揮舞木棍的唐吉軻德，我還是想做些什麼。

於是，我戴上了面具，開始一場滑稽的表演。

離開夢境後，趁著學姐因為藥性影響還沒醒來，順利溜出她家的我哪裡都沒去，而是回到住處繼續補眠。

課也繼續翹掉了，實在是莫名的疲倦，腦袋完全無法去思考，甚至連錢包裡的錢都沒辦法數好。

明明我也睡了一整晚來著。

雖然夢中的感受真實到彷彿沒有睡過覺，但之前造訪學姐的雪國後，明明起來時精神都還不錯呀。

仔細一想，可能跟我嘗試在夢境中創造事物也有關係？

找個機會，我或許得跟A子問個清楚。醒來後她早已不見蹤影，恐怕是乖乖去上學了吧……

我需要跟她詢問更多夢的情報，以及好好討論一下自己的夢境異狀。

只不過有一種直覺，沒想到這一天將要到來——

在心情如此解放的現在，我或許，能對過去的他好好道別。

「算了，睡覺吧……」

躺回住處的床上，盯著從窗簾縫中滲出的陽光……如果能到夢境中，跟那位「劉松霖」再對話一次——

抱著這樣的期待，我闔上雙眼。

但這天卻沒達成。

或者說，在我眼前的畫面開始成形前，我被迫回到了現實。凶手是放在床邊充電，響個不停的手機鈴聲。

看著來電的人名，我情不自禁露出笑容。

「劉——袁少華！你給我過來！」

果然一接起電話，就傳來學姐氣急敗壞的大吼。

「不用特地改名啦，繼續叫我學弟或松霖就可以了，我還是想以這個身分活下去。」

我懶洋洋地回應，電話那頭似乎傳來吸口氣的聲音。

「……呃，對不起——但別想藉此轉移話題！你出來面對喔！你到底在搞啥啊！」

聽著學姐憤怒但充滿活力的聲音，我心中最後那塊大石也漸漸放下了。睡幾個小時而翹起的頭髮也懶得整理，不感到意外的我再次出門。

花費一點時間，我重新回到了學姐的住處。途中有想過要不要找個禮物賠罪，不過後來被我的自尊否決了。

我做人一向坦蕩蕩，成為劉松霖後除了愛說謊外，並沒有對不起任何人、並沒有！

這樣的堅持，直到我按響門鈴、學姐笑咪咪來迎接我為止。

之前的頹靡樣消失了，她穿著普通的T恤和短裙，似乎方才也好好梳洗過，傳來淡淡髮香。

但學姐才不會笑得那麼開心，她笑得讓人心裡發寒。

「我在門口放了兩個算盤，罰你跪算盤。」

我瞇起眼，垂下頭注視著地上發出寒光並排的兩個算盤。

壓根兒沒在學姐的租屋處看過這東西，就算她堪稱是商學院的才女，這個年代也沒有人在玩珠算了。

於是我轉念一想，對抗似地露出燦爛的笑容。

「雖然我沒做虧心事，不過跪算盤能讓老婆妳開心就好了，畢竟全天下的女友和老婆最喜歡罰心愛的人跪算盤了呢。」

「……油嘴滑舌，明明連交往都沒有。」

跟平常一樣的態度，但她這次害羞得臉紅了。

看來還是不想將懲罰與交往關係連結在一起，學姐果斷收起了算盤，用眼神示意跟著她進入屋內。

然而——就算免除了跪算盤的命運，也不代表我從危險的處境中脫離了。

學姐要我乖乖坐到電腦前，好好解釋螢幕前所呈現的畫面，手裡還抓著一條鞭子。

「我沒有 SM 的興趣。」我假裝顫抖著回應。

「這只是 COSPLAY 的道具啦！不過你不好好說明的話，我就要用這條鞭子勒住你的脖子，讓你提早去幫我重建雪國。」

不是鞭打而是勒脖子，真的超惡劣耶。

到底哪款遊戲會用到這種道具？我不禁感嘆，有時實在不能怪罪網友對雪夢有非分之想。

不過，也難怪她會氣憤到有點不像平常的學姐。

螢幕上呈現的，號稱是臺灣最大的論壇，那個最熱門的討論版。

扣除那些無關緊要的標題，羅列其上的就是以下的內容：

【問卦】有沒有COSPLAY要花多少錢的八卦？

【問卦】遇到小圈圈該怎麼辦？

【問卦】我們是不是欠雪夢一個道歉？

【問卦】人生最帥氣的告白是什麼樣子？

【爆卦】我知道面具男的身分

而且討論度都不算低，我先點開其中最在意的那個【爆卦】話題，稍微鬆了一口氣。

——結果只是瞎猜一通嘛，雖然好像知道我跟學姐在同間學校，不過僅止於此，也猜不到我就讀的科系，這只能怪學姐最近太低調了。

還有，本來就是謊言，所以什麼東西都查不到。

「如果害怕曝光的話就不要亂來啊！」

我嘗試擠出一抹善良的笑容。身後的學姐露出嫌棄的表情，關掉BBS後點出另一段影片。

「一開始我在夢境裡沒看到你——原來是在幹這種蠢事……」

學姐點了下去，影片開始撥放。是某一段實況畫面的擷取，一開始是習慣的黑畫面，最後才跑出場景。

「抱歉～我第一次用雪夢的電腦開實況，聊天室的各位有看到畫面嗎？」

然後，主角現身了。

在熟悉的房間中，他戴著將哭與笑兩種表情拼在一起的白色面具。

「沒有你們想看的露奶實況真是抱歉，不過正如雪夢所說的話，她不會開實況了——」戴著面具的我，在影片的這個時間點應該早露出笑容了。「所以，我來代替她開實況。」

影片中的我翹起了二郎腿。

「我今天是想說明一些事情，如果沒興趣請左轉離開，我也不會開放斗內與訂閱，這裡不是斂財臺。首先你們一定會想問，我是誰？怎麼會在雪夢的房間出現，而且用她的帳號開臺？」戴著面具的我擺了擺手，假意環顧四周。「我只能回答你們，我是雪夢身邊一位重要的朋友，連她最祕密的地方都看過了。」

確實是最祕密的地方啦，如果夢境要算的話……

聽到身後學姐嘟囔著，同時用力揉著我的頭。

痛痛痛痛——我只能繼續盯著螢幕轉移注意力。

「本來，雪夢不希望我開臺，她總是將我保護得很好，也把私生活跟實況分得很開。但我想把一些事情說清楚，否則我對不起她，也對不起她對遊戲的熱愛。」鏡頭前的我挺身坐直。「事情自有公評，再來我的話你們隨意解讀也無妨，反正我只說一次。」

沉默了許久，影片中的那個我將雙手放在桌面上撐起、交握。

「第一，某些人是偽君子，我就不挑明是哪些人了，畢竟你們也還想『做事業』嘛。在法律上，你們或許不觸法，你們也自認是為了她好，但我只想告訴你們——這種行為真她媽噁心，希望我這輩子不會認識你們這種『朋友』。」

頭上疼痛的感覺消失了，身後的學姐悄悄抓住我的手，能感受到背後的她正微微顫抖著。

我選擇緊緊回握，而影片依舊繼續撥放。

「第二，雪夢就是你們所謂的賣奶實況主，這我不否認，她也藉此快速累積人氣。但我想說的是——你們無法否定她的努力。」影片中的語氣加重，「COSPLAY可不便宜，你們以為那都是扮家家酒的玩具？衣服與道具不全是她設計的，她也願意給合作伙伴不少的薪水，跟實況收入平衡後，實際上雪夢並沒有賺多少。」

我能感覺到學姐的顫抖漸漸平復。

「她為了下一款實況遊戲或水管影片所做的努力我一直看在眼裡，而且你們不是最愛嫌女生遊戲玩很差？我現在玩遊戲可都打不贏她了呀。還有最重要的——喜歡《Fairytale》的玩家，都不是壞人。」

學姐銀鈴般的笑聲傳入耳中，我也滿足地點點頭。

「第三，也是最後一點……」

一反先前帶著批判與諷刺的態度，實況中那個我最終轉為溫柔的語氣。

「雪夢她，是我認識過的——最棒的女孩子。一心以為只要努力就能得到他人認同，純粹到太蠢了。」

就是太純粹，才會有那樣無垢的雪國。

「過去的事件對她會是很好的經驗吧，但我還是希望，她個性中那好的部分不會改變。」

誰都會被這個社會的無情打擊。所以困難的部分是——在這無聊的現實中，還能保有好的一面。

「就算在看完這段影片後，相信你們還是會罵她婊子和公車之類的、你們道聽塗說得到的評價。這也不重要，對她來說這根本不應該放在心上。」

最後短暫的沉默。

「我今天在此實況，只想證實——她的身邊，還是有人支持著她。僅此而已。」

實況影片到此就結束了。但實際看完自己的實況後——

媽的，這也太羞恥了吧！

唸著這些噁心巴拉的臺詞，實在不是我這嘴砲的風格，而且有夠矯情的耶！八卦版也有人在嘲笑呀！

拜託不要有人肉搜到我的身分，我不希望黑歷史又增加一筆。

帶著祈禱的心態轉過頭，想看看背後的她反應如何，肯定撐著不努力笑到肚子痛吧。

眼前卻是哭得唏哩嘩啦的學姐。

「為……為什麼？」哭得泣不成聲，但她還是想擠出那個疑問。「要對我……這麼好？」

又是難得的，我發自內心露出笑容，舉起手，想拂去她臉頰上的淚珠。

「因為？妳是我的學姐吧？」

最終，我沒有將她的稱呼代換為任何人。因為我知道，我終究不是她那邊世界的人。

第七章
寂寞的 I（我）

Miss A Would Not Foretell
Her Own Death

A子不會預言自己死亡

「那天晚上，回到家的我就趕快打了通電話，跟學姐強調我們只是朋友了。」正面說出來實在太有挑戰性，原諒我只能做這麼孬的選擇。

這週週末，我出於某個理由約了A子出門，學姐的狀況只是順便報告一下。

這次我騎得很遠，騎到以前還是袁少華時常去的一處岩岸邊，沿著海岸線邊緣有一路延伸的鐵護欄，可以趴在上頭看海，過去煩躁的我也常常來這散心。

成為「劉松霖」後不曾到過這裡，不過我認為對於再來的對談，這個場所反而是需要的。

過了大半午後的陽光灑在面前的海面——這樣的描述沒有出現，正如臺灣典型的炎熱氣候，其實現在天空是烏雲一片，還好沒有下雨。

將視線從遠方的海平面轉移，觀察面前倚靠護欄的A子，她穿著白襯衫與黑裙，一整個還是很樸素。

可惜的是，她也一如往常的面無表情。

要從A子身上看到一點情緒變化真困難啊，不過說起來她跟我就是兩種極端。

她選擇什麼都不說，而我什麼都想說謊。

但對於做出這種選擇的我，她還是提出一個奇怪的問題。

「你愛她？」

我忍不住嘴角勾起。

「沒想到會從妳口中聽到『愛』，妳以為我為學姐做這麼多，只是想跟她上床嗎？」

或許有一半的理由是這樣沒錯，做為男人我沒辦法否認。

我走到她旁邊的護欄趴著，正如過往常做的那樣。

以前我也常偷載家人來到此處，我告訴她、生活中的一切都能化為迎接明日的動力，人總得找到一個前進的理由，也不管年齡還小的她是否明白這個道理。

但我卻是最輕視現實的那種人，至少我沒能拯救她。

「我心裡清楚，她跟我永遠合不來，這裡說的『合不來』，並不是被日常磨損後的愛情還剩多少，老實講我覺得我們相性不錯，搞不好可以白頭偕老。」

「……」

潮水依舊，卻人事已非。

「這裡的合不來，我想──迂腐點說，是願不願意放棄堅持，這是我跟她最大的差距。」

放棄堅持從不是壞事，像學姐就需要從雪夢這個身分的桎梏解脫。

「學姐或許受過太嚴重的挫折，可她還是有機會做回原本的自己。對，就是真正的自己。」

哪怕很多人虧待過她，但她還保有選擇。

學姐只是消極了點，不過只要好好幫助她，她一定能明白自己想成為怎樣的人。

所以或許是出於看不過去的心態，我才會這樣一路幫到底。

「她跟我——還有妳都不一樣。」

我無法成為「劉松霖」或「袁少華」中的任何一人，如今只剩劉松霖的外殼，而袁少華也死在那場喪禮之中，只剩下他過往的記憶。

現在的我，什麼都不是。

這樣的我，不可能給學姐任何穩定的未來。如果真的跟她在一起了，反而才代表我真心不尊重她。

而A子——她或許也是類似的狀況吧。

我重新走回A子面前，以嚴肅的表情凝視她。然而從那漆黑的雙瞳，看不到任何情緒。

「妳答應過吧，這件事如果成功妳就要跟我交往……那我要問妳一個問題——妳對我有心嗎？」

並沒有微微一愣，但她似乎還在思考該怎麼回應。最後，在烏雲下的她竟露出一抹笑容。

「不，我並不愛你。」

在那棟純白建築物的陽臺前，她也露出同樣迷人的笑容，這次卻有著不太相同的意義。

一點惱火的情緒都沒有，因為我很早就清楚了。

「不管有沒有愛，妳都要利用我活過十八歲。」

掛著微小笑容的她，最終點頭了。

A子會利用一切，只為了讓自己活下去。

不管一開始用預言勾起我的興趣、之後一同過夜講解了夢境的運作機制，直至最後幫我一把摧毀學姐的迷惘。

她的笑容是真實的，哀傷也是真實的。

因為——她選擇用真正的自己對抗一切，連浮現的脆弱也拿來利用，善用楚楚可憐的正妹高中少女的身分優勢。

這並不是浪漫的戀愛電影，就算我是她命中註定的轉機，她也沒有任何對我傾心的理由。

不過，我反而感到慶幸，她願意在此刻對我坦承自己的想法。

我朝A子默默靠近，直到彼此之間只有兩三步之遙。

或許A子以為我會動怒，反正她也是在做出這些覺悟後才讓我載出門的吧。

但我只是伸出手，像過去對自己妹妹做出的動作——揉弄她的頭髮。

「辛苦了。」

我露出的爽朗笑容，似乎讓她的從容表情首次凝結了。

「你在說什麼？」

「說妳辛苦了，要跟我這種人相處呀。」

有些現實的感情就是這樣，根本不可能強求，不然就不會有工具人的存在了。

要讓A子背負著對我的厭惡，只為了自己看到的渺茫生存希望而努力，這點真是難為她了。

雖然我很能體諒這種心情，但A子卻咬緊了下唇，第一次浮現不甘心的表情。

「沒想到你會做出這種行為，電視機並沒有出現這個畫面。我們只需要互相利用，你不值得對我投以如此的信賴。」

都已經是「共犯」了還介意什麼呢。我輕哼一聲，乾脆兩手都伸出來、想把她的頭髮弄得更亂。

A子卻一手撥開了我，跟我徹底拉遠了距離。

「上次在夢境中，我對你說謊了。」

不遠處捲起的海浪聲，彷彿想吞噬她冷漠的聲音。

我笑著說道：「沒有說完就是一種謊言吧？如果妳不介意的話，倒是可以趁現在把妳的祕密開誠布公呀。」

放棄所有神祕感，回歸於普通的女高中生也沒問題吧？這是我單純的想法。

但對於我的挑釁，A子的表情卻逐漸冷漠，就像最初她坐在咖啡店的窗邊時，對外呈現出的氛圍。

「我『殺』了很多人。」

在她道出這句話的時候——彷彿在證明夢中表現出的冷酷，有那麼片刻，她的雙眼再次被雜訊覆蓋，重現夢境中的死神。

怪物無法到達地表，但仍然蠢蠢欲動。時不時顯現在A子周圍的幻象，就證明了這點。

我還是退後幾步，想起在學姐夢境中揮舞死神鐮刀的A子。當時若沒有依她所言支撐起學姐的心靈，學姐的死因會不會就變成由她親手造成……
氣氛瞬間沉入谷底，但在做好覺悟後，我故意笑著開口。
「妳不怕在洩露這些祕密的同時，我不會再支持妳呀？」
A子只是反問：「你害怕了？」
這次，A子是用真心去探測我的意思。在純白別墅陽臺的笑容也是發自真心，現在的——也是真心吧。
不管是難得顯現的溫柔，還是展現自己冷酷的威脅，A子都是發自內心在傳達這些情感給我。
她的過去或許很悲哀，但其實活得很真實，或許連她自己都沒有意識到。
以上全是我自以為是的解讀，但有一點是確實的——
要繼續跟著她對抗命運，還是甘心成為命運的俘虜？
而且我發現了，一個表面冷酷的她不願意坦誠的祕密。威脅我的A子，身子其實在偷偷顫抖著。終究是個年輕的孩子啊。
對於少女那毫無情感的詢問，我也只能莞爾一笑了。
「繼續幫助妳，或許對我來說一點好處都沒有。」
學姐已經獲得拯救，但我曾經沒能挽救的——不管是原本的劉松霖，還是我的家人，都已經成為無法彌補的過去。

「我很開心有人能夠理解我的痛苦，這是我在成為劉松霖這麼多年以來，少數感到解放的時刻。」我對上少女的視線，加重語氣，「但這跟現實的處境是兩回事，A子——妳不夠誠懇，妳還有太多事情沒有告訴我。」

A子殺了很多人，或許是透過預言的方式。

但她是受誰的指使？又是為誰服務？誰能夠狠心利用不到二十歲的孩子？雖然腦海中有一個近乎肯定的答案，但那實在太過超乎常理，以至於我不願意繼續揣測。

我乾脆轉身準備離去，想看看她會不會有所動作。但走了一點距離後，我最終還是選擇在機車前停下腳步。

「只不過，在我還是袁少華的時候，每天閒閒沒事時，最愛做的事情就是把妹了。大部分的妹用錢就能搞定，所以像妳這種個性的——我很有興趣。」

我無恥地笑著，跨上機車後拍了拍後座。

「如果妳還將我當成工具人，就坐上來吧。」

但她的表情沒有感動萬分，反而像在看垃圾。

「不搭你的便車，我也不能回去。」

呃，說得也是。

等著A子戴上我幫她挑的那頂安全帽，我提醒她機車要發動了、快點上車。如果不早點回去，就要被西北雨淋得一身溼了。

意外的是，我的心情比這陰天還晴朗。

「謝謝……」

或許是因為從背後傳來的，這一句微小的呢喃吧。

跟A子談開的那天晚上，我如願進入了那場熟悉的夢。

從緊閉的窗簾縫隙滲入的夕陽光芒，那宛如倒入濃濃的糖漿、充滿整個空間的濃郁絕望，一切彷彿回到那一日。

我以為我離開了房間，但其實並沒有。就像學姐的雪國是來自童年的一句母親無心的話語，那或許是記憶中不願去捨棄的殘骸吧。

但如今——我不再試圖以旁觀者的身分，假裝自己置身於事外。

因為是旁觀者，所以袁少華的面容永遠模糊不清，我不可能看到自己當下絕望的臉色。

因為是旁觀者，所以劉松霖的笑容總是帶著難以猜想的意圖，但事實如何我自己明明有所體會。

於是，在這麼多年後，我終於回到那個時間點自己真正的身分——被囚禁的青年體內。

明明無法掙脫桎梏，也看不到未來，但在這個當下，我卻對著面前的男童溫柔開口。

「讓你久等了。」

「劉松霖」一愣，莞爾一笑。

「你終於不想演旁觀者了，但不是讓『我』，是讓『你自己』久等了喔。」

「……」我突兀地語塞了。

以為我已經能灑脫地面對過去的殘酷，但眼前的狀況卻變得匪夷所思。

他跟記憶中的男童長得一模一樣，因為出自我自己的記憶，所以樣貌沒有半點偏差。

但——不只是我，劉松霖也脫稿演出了。

在不久前，似乎也發生過一次。

終有一天你會明白的喔，袁少華。

爲何是你活下去的原因。

是在我進入雪國勸說學姐失敗後，他在夢中安慰我的話語。

我知道那不是自我滿足的幻想，可是……

「當然喔，我並不是劉松霖，但我也不是你。」

我睜大眼睛，完全無法理解他的意思。

但男童還是天真地笑著，不可思議的、並不帶著任何嘲弄的意思。

「只不過，劉松霖當下——在被歹徒施暴後充滿絕望與警戒的你面前，這麼做了對吧？」

男童對我伸出了手，露出充滿童稚、卻相當堅強的笑容。

「我是來拯救大哥哥的喔，請您相信我。」

啊……

就是這一句。

在荒誕度日了十多年、誰都不再對我抱以期待，迎來命運般終結的我面前，這位陌生的男童，卻願意將我從深淵中拉起。

就算是謊言、就算最初別有企圖，但毫無疑問，最終只剩我活了下來。

因為是劉松霖，因為是為了劉松霖。

或許是為了記憶中捨棄一切讓我活下來的他，我才想成為那樣的孩子。

我無法成為劉松霖，我只能依循著記憶中的他的笑容前進。

也就是如此，我才沒辦法放棄也被這個世界放棄的A子與學姐……

就算遇到再不合理的事情，也要想辦法露出笑容。

是什麼都沒有、實際上只剩性命能失去的他，告訴了我這個道理。

但說真的啊。

「啊……」

我現在真的笑不出來呀。

湧上喉頭的酸意讓我哽咽，淚水已經在眼眶打轉，模糊了視線。

「劉松霖」體諒了我，他朝我走近，這次伸出了雙手。

「想哭就哭吧。」

將臉埋入男童的胸口，我只能無聲地啜泣。

待我的心情平復後，他解開了我身上的鎖鏈。直到這時，我才真正獲得了精神上的自由吧。

雖然嘴邊還殘留著毆打後的痛楚，我還是對他拋出疑問：「你真的——不是劉松霖？」

將雙手放在背後的男童搖了搖頭，態度輕鬆地解釋著。

「我只是依照著記憶中的軌跡行動，但真正的劉松霖現在如何了？如果你能再見到他的話，或許就能問個明白吧。」

男童聳聳肩，對上我的視線。

「不管他是生者或死者，唯有當下傾注的意念是真實的，我只是想告訴你這個事實。」

男童笑得更開心了，但我心底也更加納悶。

如果他不是「劉松霖」，那……一個老哽的問題不由得冒了出來。

「那麼，你是誰？」

「我嗎？我知道你一定會問喔。」他抬起頭，注視著那受限而骯髒的天花板。「所以，我不再需要這個房間——和這個形體了吧？」

男童開心地笑了，打了個響指。剎那間，不過只是眨了次眼睛，記憶中的場景轉瞬化為白沙。

在光芒照耀下的沙塵散發點點光芒，隨著不知從何而來的風散去了。在還反應不過來的我面前，所有一切都變得豁然開朗。

那是無邊無際的白沙構成的沙漠，銀白的光芒來自頭頂上的月亮和無邊星空，明明是夜晚卻異常明亮。

而在我面前——

「你讓我等了很久呢。」

眼前站著一位長髮少女，佇立在一艘獨木舟前。

她抓著一把透明傘，穿著一件紅色的透明雨衣。雖然下方能看到纖細的雙腿套著長筒雨靴，但在月光的照耀下，雨衣內部卻空蕩蕩的，看不見衣物或軀體。再加上那隨風輕輕飄揚的長髮與絕美的外貌……

猶如夢境中的幽靈。

但我腦袋一片空白的原因，並不是少女身上特異的氛圍，而是她那熟悉的樣貌。

「A、A子？」

褪下劉松霖的外表後，出現在我面前的竟是早上我才答應要幫助她的A子。

或者說，是神似A子的少女，因為真正的A子不會有那麼多表情變化。

面前的她與A子不同，看似能隨時將愉快的情緒顯現在臉上，現在也是。

「我不是A子喔，我也討厭被人這麼說——特別是你。」

如同我的預想，對方否認了。

「你可以叫我小I，今夜之後呢，我們還有很長很長的時間要相處。」她如此親暱地說著，撐起了透明傘。

那把傘在月光照耀下似乎也散發著點點光芒，猶如天上的星空。

有著熟悉樣貌的陌生少女，對我投以神祕的笑容。

第一次，解釋了自己的來歷。

「畢竟——我是寄生在你夢中的怪物。」

——《A子不會預言自己死亡01》完

後記

Miss A Would Not Foretell
Her Own Death

A子不會預言自己死亡

2018-11-03。

這是做為A子系列的源頭短篇在網路所張貼的日期，聽起來是個不太神祕也不太美麗的數字，也沒有什麼有趣的故事可挖～

但與如今《A子不會預言自己死亡》正式出版的 **2020-06-24** 相比，中間實實在在至少差距一年以上。

這一年半間有太多的改變，我逐漸告別青春踏入社會，套句老王樂隊《我還年輕 我還年輕》中的歌詞：我在青春的邊緣掙扎。

不變的或許只有不願中斷的創作，任由自己在夜晚將很多想法傾瀉而出，搭配著草東沒有派對的歌曲。

這樣緊張過日、不能想像也無法期許的未來會是我想要的嗎？於是A子最初的短篇形成了。

想像著一位人生自甘墮落、又被命運惡整而陷入深淵的男主，邂逅了一位看似無情、卻其實充滿感情的少女故事，在我看來很王道、也很美麗。

這故事的出版得感謝太多人。

包括網文版連載期間所有的讀者，我當初做的問卷在失落的時候還是常常拿出來讀，希望你們能看到這篇後記。還有最初因為煞到畫風而委託幫忙繪製網文版封面的草紙老師，都是我網文版能持續連載下去的心靈糧食。

以及三不五時就聽我聊天(?)的幾位親朋與網友，很謝謝你們願意聽我講幹話QQ，並且分享一些意見，有你們真好。

特別致謝出版社努力找到的韓國繪師 A_maru 老師，那精美到不可思議的女角與背景讓我非常感動，女高中生的可愛果然是全地球人的共識。

最後更要感謝實體版創作期間耳提面命的編輯，能在幾乎要放棄寫作的邊緣被三日月出版社找上，我實在想也沒想過會有這轉折。

雖然也有辛苦的事情，包括為呈現出更漂亮的故事，將網文版十萬多字全部砍掉重寫、每週幾乎會出現的無間斷討論(?)，還有從午夜藍寫到變成魚肚白，因兼職創作而對人生感到懷疑的很多夜晚。

我很喜歡這些討論，一起琢磨創造這故事的過程。

一個人的視角總有限，必然有無法看見的地方，所以我在網文連載期間總是一條一條看讀者的感想，實體書版則加入了編輯的專業。

後記我本想著要用什麼風格呈現，想想果然還是這樣最好，把內心的想法好好對大家說出來。

我並非很會說話或惡搞的創作者，所以我總試著把自己最真誠的一面放在文字中，陪著故事中的人物們努力笑與哭。

A子不會預言自己死亡

如果能讓讀者你們找到一點寬慰，或者單純就是喜歡可愛的A子和學姐就好惹，我再說一次、女高中生真的很可愛！

想找我吐槽的話我出沒在臉書與巴哈姆特，只要搜尋作家名字「午夜藍」，就能找到我囉。

午夜藍

高寶書版集團
gobooks.com.tw

輕世代 FW338

A子不會預言自己死亡 01

作　　者　午夜藍
繪　　者　A_maru
編　　輯　林雨欣
美術編輯　林鈞儀
排　　版　彭立瑋
企　　劃　方慧娟

發 行 人　朱凱蕾
出　　版　英屬維京群島商高寶國際有限公司臺灣分公司
　　　　　Global Group Holdings, Ltd.
地　　址　臺北市內湖區洲子街88號3樓
網　　址　www.gobooks.com.tw
電　　話　(02) 27992788
電　　郵　readers@gobooks.com.tw（讀者服務部）
　　　　　pr@gobooks.com.tw（公關諮詢部）
傳　　真　出版部 (02) 27990909 行銷部 (02) 27993088
郵政劃撥　50404557
戶　　名　三日月書版股份有限公司
發　　行　三日月書版股份有限公司/Printed in Taiwan
初版日期　2020年7月

國家圖書館出版品預行編目(CIP)資料

A子不會預言自己死亡 / 午夜藍著.-- 初版. --
臺北市：高寶國際, 2020.07-
冊；　公分. --

ISBN 978-986-361-860-7(第1冊：平裝)

863.57　　109007312

三日月書版

三日月書版

GOBOOKS
& SITAK
GROUP©

GOBOOKS
& SITAK
GROUP©